Le Murmure du Niaouli

Vincent Pithon

Le Murmure Du Niaouli

Roman

© 2025 Vincent Pithon

Édition : BoD · Books on Demand, 31 avenue Saint-Rémy, 57600 Forbach, bod@bod.fr
Impression : Libri Plureos GmbH, Friedensallee 273, 22763 Hamburg (Allemagne)

Conception visuelle : Clément Pithon — rrrien.carrd.co

ISBN : 978-2-3225-6053-0
Dépôt légal : Juin 2025

« Salut aux mortes obscures qui ont souffert pour ceux qui viendront après nous, sans que l'horizon lointain secouât dans leur ombre, en gerbes d'étoiles, les éblouissements de l'aurore ! »

Louise Michel — Mémoires 1886 — Gallimard

Les Larmes d'Ismérie

Une brise légère et timide souffle par intermittence ses ondulations par le soupirail. Ismérie laisse courir sur son épaule nue la caresse de l'air frais. Elle a ôté le bandeau qui lui couvrait les yeux. Son chemisier déchiré est taché de sang. Les pieds entravés par une lourde chaîne, elle réussit quand même à se lever. Sa blessure à la hanche lui arrache un cri de douleur qu'elle étouffe aussitôt en se mordant le poing. Elle s'approche avec peine de la minuscule ouverture en traînant ses fers. Elle attrape fermement avec ses deux mains les barreaux du petit soupirail et se hisse au plus près de la rue jusqu'à ce que son visage se plaque sur le métal froid. Une pluie fine reste infiniment en suspension dans la nuit avant de mouiller le pavé. Ismérie tend encore un peu plus sa tête vers l'extérieur pour sentir un peu de frais sur ses joues et happer un peu d'humidité.

Dans cette cave étroite, ils sont entassés depuis des heures. Ismérie ne sait pas combien ils sont. Elle a arrêté de compter. Il en arrive de nouveaux toutes les heures. Ils sont attachés et jetés sans ménagement par un impitoyable soldat versaillais. Il y a surtout des femmes, mais également des enfants et quelques hommes. Beaucoup sont blessés. D'autres sont déjà presque morts. Ils entrent eux-mêmes dans leur tombe. À l'intérieur, la lourdeur de l'air rend la respiration pénible. Le sol est couvert de terre noire et de paille. L'endroit pue l'effroi. L'odeur âcre de la mort prend aux tripes et donne des haut-le-cœur. Les gémissements sont insupportables. Ils remplissent les murs et le moindre espace vide de désespoir. Tous les prisonniers se partagent un baquet d'eau sale pour boire. Pour le reste, les enfermés essaient tant bien que mal de faire preuve de retenue. La puanteur imprègne tout.

Ismérie respire à pleins poumons cet air rare qui vient de la rue. Elle tient fermement la grille d'une main et tend l'autre le plus loin possible vers l'extérieur. Mais la douleur se réveille à chacun de ses efforts. Elle aperçoit un coin de ciel. Dans la nuit épaisse, les boulets de canon déchirent les nuages. La chaussée tremble. Des secousses agitent la cave fétide. Des feux et des fumées inondent la ville. Dans une dernière tentative, la prisonnière se redresse. Elle suffoque et elle n'arrive pas à déglutir. Sa gorge est sèche. Elle salive et mouille l'intérieur de sa bouche.

— « *Allons femmes de la patrie. Le jour de gloire est arrivé ! Contre-nous de la barbarie. L'étendard rouge est levé. Le drapeau rouge est souillé. Entendez-vous dans les faubourgs brailler ces bourgeois en tunique ? Ils viennent jusque dans vos foyers égorger vos fils et vos maris ! Aux armes Communardes ! Aux armes... ».* Femmes de Paris ! La ville tient encore ! Entendez-vous ! On se bat encore rue Ramponneau et rue de la Fontaine aux Rois. Vive la démocratie ! Vive la Commune !

Essoufflée, Ismérie se retourne vers l'intérieur de la cave. Elle ne voit pas les visages hagards et terrifiés de ses compagnons. Elle ne sait pas combien ils sont enfermés ici avec elle. Elle n'obtient aucune réponse. Elle n'entend aucun murmure. Au plus quelques toussotements. Une salve d'artillerie retentit. Elle enrage de déserter son poste sur la barricade avec tous ses camarades. Elle ne peut qu'atteindre du regard ce minuscule morceau de ciel. Les nuages se hâtent. Ils laissent parfois suffisamment d'espace entre eux pour qu'Ismérie aperçoive furtivement l'éclat d'une étoile. Un autre tir de canon déchire la nuit. S'ensuivent des cris, des bruits de bottes, et des coups de feu. Les sabots ferrés des chevaux martèlent les pavés. Une odeur forte de brûlé s'attarde dans ce sous-sol mortifère. Ismérie veut encore y croire pendant quelques instants. Elle ravale ses larmes et se laisse glisser le long du mur suintant et couvert de salpêtre. Elle s'assoit sur une vieille planche de bois et s'adosse au mur. En serrant les dents, elle replie ses jambes contre elle et se met à pleurer. Elle pense à Marie, sa mère.

Lorsqu'elle a été arrêtée, elle traversait le faubourg Saint-Antoine et regagnait la rue Titon où elle partage avec sa mère un petit appartement au quatrième étage d'un modeste immeuble. Sa mère, lingère, s'épuise et s'use les mains depuis qu'elle a huit ans pour un salaire de misère. Elle travaille sans relâche depuis dix ans pour la famille d'un riche commerçant de la rue Saint-Antoine. Elle est née et a toujours vécu à Paris. Elle n'est presque jamais sortie de la ville. Elle parle parfois des bords de Marne. Grâce au pasteur du temple d'à côté, elle a pu apprendre un peu à lire et à écrire. C'est elle seule, qui a transmis les rudiments de la lecture, de l'écriture et du calcul à sa fille. Ismérie a travaillé très tôt au côté de sa mère, mais elle a vite délaissé le linge pour la couture. Elle s'est découvert un talent et une passion pour la création de vêtements. Indépendante, elle s'est tout de suite mise à son compte. Elle ne voulait pas subir, comme sa mère, le joug d'un patron ou gésir à la merci d'une riche famille. Elle peut aussi s'occuper plus facilement de sa mère. Les années passées à manipuler le linge des autres lui ont abîmé les mains. Elle souffre en silence d'horribles douleurs articulaires et continue son travail sans se plaindre. Ismérie l'aide autant qu'elle le peut. Un jour elle a accompagné sa mère dans la grande maison bourgeoise. À la stupeur de sa mère, elle a demandé à voir les maîtres des lieux. Elle a tout simplement exigé un jour de repos hebdomadaire pour sa mère. Sans même négocier, les bourgeois ont reconnu la qualité et le dévouement de Marie et ont accepté la proposition. Sur le chemin du retour, les joues de Marie viraient au rouge. Elle se sentait tout à la fois honteuse et fière de la demande de sa fille.

Ismérie n'a pas connu son père et Marie n'en parle jamais. Elle sait juste que sa mère a rencontré un homme du côté du canal Saint-Martin. Il l'a séduite. Elle l'a invité chez elle. Il est resté un moment. Elle est tombée enceinte. Il est parti. Ismérie est née en août dix-huit-cent-quarante-six. Deux jours après, Marie était de retour au travail. Les femmes de l'immeuble se relayaient comme elles pouvaient pour s'entraider et garder les enfants. La troisième épidémie de choléra a épargné Ismérie, mais pas trois autres enfants de la maison. Elle a grandi vite. Elle a grandi dans un Paris riche en plein développement industriel et un Paris miséreux.

Dès les premiers mouvements de la Commune, Ismérie épouse la cause. Elle occupe les avant-postes. Elle refuse la pauvreté et le travail des enfants. Elle jette toute son énergie dans les actions pour généraliser des œuvres sociales et démocratiques. Elle fait très vite partie de plusieurs commissions. Lorsque les troupes de Thiers entrent dans Paris, elle organise la résistance et participe à la mise en place de plusieurs barricades. Quand les hommes la cantonnent au ravitaillement et aux soins des blessés, elle prend une arme et un drapeau. Elle forme un groupe de femmes aux maniements des armes, mais structure aussi des classes improvisées pour leur apprendre les rudiments du savoir.

Ismérie s'est, bêtement, fait prendre par une patrouille de soldats. Elle ne dissimulait pas d'arme sur elle, mais elle n'avait pas caché son fichu rouge reconnaissable. Elle est persuadée d'avoir été dénoncée par quelqu'un de son quartier. Lorsqu'elle a tenté de fuir, une vive douleur à la cuisse l'a coupée net dans son élan. Une balle de fusil lui a déchiré les chairs juste au-dessus de la hanche. Elle s'est écroulée sur le pavé. Le temps qu'elle récupère ses esprits, les soldats s'étaient déjà rassemblés autour d'elle et riaient très fort. Ils la maintenaient en joue avec leurs fusils. L'un d'eux avait appuyé un pied sur son ventre comme s'il posait avec un trophée de chasse. Au moment où elle a relevé la tête, les railleries ont cessé d'un coup à la manière d'un magicien qui aurait arrêté le temps. Ismérie semblait flotter dans l'air aussi délicatement qu'une plume.

Elle portait son foulard à la main, laissant sa tête à découvert. Son visage clair et lumineux formait un halo et inondait de beauté toute la scène. Elle laissa sans voix les militaires. La peau de sa figure était blanche et fine ; presque transparente. Ses cheveux noirs et légèrement ondulés couraient sur ses joues et encadraient de grands yeux gris clair. Les militaires reculèrent d'un pas. Le temps qu'ils recouvrent leurs esprits, elle eut la présence d'esprit d'appuyer de toutes ses forces sur sa plaie avec son fichu. Elle positionna sa ceinture dessus et serra fortement. Elle se releva en douceur. Les hommes en armes hébétés la regardaient faire.

C'est dans un silence total qu'elle a été escortée par la petite escouade de soldats muets. Elle a été conduite avec égards et ménagements près de l'hôpital Saint-Louis. Les soldats l'ont présentée à un capitaine moustachu et violent. Une brute à l'uniforme impeccable et aux boutons brillants. Le militaire, presque tétanisé, ne pouvait pas détacher son attention de la prisonnière que ses hommes lui avaient amenée. Il resta comme ça pendant un long moment. Il a fermé les yeux et s'est levé d'un bond pour échapper à l'emprise d'Ismérie. Il ne la regarda plus dans les yeux. Il ordonna à l'un de ses hommes de lui bander les yeux. Le soldat a dû s'y reprendre à trois fois avant d'arriver à fixer le bout de tissu autour de la tête d'Ismérie. La nuit est tombée et seules des flammes rebelles et furtives se sont évadées d'un brasero pour disparaître vers le ciel.

Avant d'être jetée dans son trou à rats, Ismérie a entendu le commandant achever, et sans trembler, d'un coup de sabre précis, plusieurs soldats fédérés qui étaient maintenus contre un mur effondré. Après une rapide danse macabre, les baïonnettes étincelantes se sont tachées d'écarlate. Elle put sentir le flot de sang qui s'écoulait entre les pavés et le filet rouge qui s'égouttait de la lame. Quand elle passa devant lui, l'orgueilleux militaire glissa son arme dans le fourreau et frisa sa fière moustache ; une glorieuse. D'habitude le verbe haut et la verve inspirée, le capitaine resta sans voix. Une fois la captive ferrée et enfermée, les hommes en armes braillèrent à nouveau.

Ismérie éreintée par la douleur s'assoupit. Lorsqu'elle ouvre les paupières, c'est le petit matin. La lumière du jour ne veut pas entrer dans l'infâme prison par cet étroit interstice. Elle préfère rester dehors et éclairer les atrocités de la nuit du Paris blessé. Ismérie se frotte les yeux pour essuyer les larmes. Elle balaie du regard la minuscule cave. Elle distingue les êtres et les corps qui partagent avec elle cette sordide cellule. Des enfants dépenaillés et amaigris ont les visages creux et le regard vide. Les femmes et les hommes semblent déjà perdus. Les morts de la nuit portent le masque de l'effroi. Tout à coup, un rayon de soleil s'infiltre par le soupirail et se plante comme une flèche sur le sol. La lumière jaillit telle l'eau d'une cascade. Ismérie se redresse et tend ses bras vers la vive lueur. Elle colle ses deux mains l'une à l'autre pour former un petit bol puis elle s'avance sous le puits de clarté de manière à récupérer une bonne dose de vie. Elle se tourne vers ses compagnons d'infortune et se met à fredonner en regardant vers le ciel.

— « *Quand nous chanterons le temps des cerises. Et gais rossignols et merles moqueurs. Seront tous en fête. Les belles auront la folie en tête. Et les amoureux du soleil au cœur. Quand nous chanterons le temps des cerises. Sifflera bien mieux le merle moqueur. Mais il est bien court, le temps des cerises. Où l'on s'en va à deux cueillir en rêvant. Débordant de rêves. Cerises d'amour aux robes pareilles. Tombant sur la faille. En gouttes de sang. Mais il est bien court le temps des cerises. Pendant de corail. Qu'on cueille en rêvant. J'aimerai toujours le temps des cerises. C'est de ce temps-là que je garde encore. Une plaie ouverte*[1] »

Un nimbe semble coiffer la tête d'Ismérie. Les survivants de la nuit la regardent. Ils voudraient chanter avec elle, mais aucun son ne peut sortir de leur bouche.

---

[1] Le Temps des Cerises — J.B. Clément — 1866

Le Dilemme du Capitaine Monjeau

Charles Monjeau attend depuis des heures dans le vestibule. Quand il ne fait pas les cent pas sur le beau parquet de chêne en « pointe de Hongrie » entre le mur et la large fenêtre, il s'assoit sur l'une des banquettes et tapote nerveusement le talon de sa botte de cuir noir sur le sol. Il s'inquiète. Il regarde tour à tour les imposantes tapisseries murales aux tissés jacquards représentant des scènes de guerre et la vitrine avec deux sabres nus aux lames émoussées. Dans le fond de la pièce, une bibliothèque aux livres reliés de cuir, grimpe jusqu'aux moulures du plafond. Entre la bibliothèque et la fenêtre, une cheminée au manteau de marbre supporte une horloge en bronze doré de style Empire et un vase en porcelaine de Sèvres.

Charles se lève et ajuste son uniforme. Il se dirige vers la fenêtre et regarde un groupe de soldats à l'exercice dans la cour. Il pense à ses parents. Il s'imagine dans le jardin de la maison familiale d'Olivet. La nostalgie l'accompagne jusqu'aux bords du Loiret quand il sortait le bateau de son garage et se laissait dériver sous les saules. De la grande demeure de pierres et de briques s'allongeait un immense jardin qui courait jusqu'à la rivière. La gare à bateaux surprenait le promeneur ; telle une œuvre d'art. Une belle petite maison construite en pierre de taille s'avançait au-dessus de l'eau. Surplombant l'embarcadère, une large pièce vitrée accueillait un salon confortable. Charles adorait y rêver les soirs d'été. Il laisse ses souvenirs remonter quand un rayon de soleil vient lui chauffer le front. Les nuages de la nuit ont fui et une belle lumière blanche inonde la place. Un claquement suivi d'un grincement de porte, sort Charles de ses songes. Un secrétaire en uniforme s'avance vers lui d'un pas martial et décidé. Il s'arrête à un souffle de Charles. Il claque les talons.

— Le commandant va vous recevoir. Veuillez me suivre.

L'homme à l'uniforme impeccable effectue un demi-tour rapide et précis. Charles croit voir un danseur exécutant une pirouette. Il sourit intérieurement. Il emboîte le pas du militaire et le suit sur le parquet ciré un peu craquant. Il entre dans la pièce attenante. Le secrétaire se saisit des deux poignées et referme brutalement les battants dans le dos de Charles. Au passage, il hume une bouffée d'un léger parfum de savon et de lavande. Charles est un tantinet surpris et esquisse un sourire. Il se reprend tout de suite quand il relève la tête. Derrière un bureau massif se trouve le commandant. Il se tient droit face à la fenêtre et tourne le dos à Charles. Il se serre les mains dans le dos et bouge nerveusement les doigts. Charles rectifie sa position et se met au garde-à-vous. Le bureau est couvert de cartes et de papiers. Sur une pile de livres, un encrier portant deux grandes plumes déborde d'encre sèche. De l'autre côté du bureau, un cendrier laisse des volutes de fumée s'échapper d'un vieux cigare. Le commandant relève les épaules puis souffle longuement.

— Vous voyez ces jeunes recrus, capitaine Monjeau ?
— Oui. Mon commandant.

— Ils veulent de l'ordre ! Ils veulent récupérer Paris et anéantir cette mascarade de « *République sociale* ». Vous m'entendez, Monjeau !
— Oui. Mon commandant.
— Nous sommes entrés dans notre capitale et nous allons écraser cette vermine rouge !
— Mais...
— Il n'y a pas de « *mais* » Monjeau ! Je comptais beaucoup sur vous, vous savez. Votre père est un exemple pour nous tous. Vous salissez votre nom, Monjeau !
— Je... je peux... je voudrais vous expliquer, mon commandant.
— Il n'y a plus rien à expliquer, Monjeau ! Vous avez refusé de tirer et d'écraser ces misérables ! La crosse en l'air ! Bravo capitaine Monjeau !
— Mais... ces femmes et ces enfants. Ils ne portaient pas d'armes. Juste quelques outils et quelques pierres. Je ne pouvais pas. Non, je ne pouvais pas.

Le commandant se retourne et plante ses yeux furibonds dans ceux de Charles. Il montre avec insistance son mécontentement. Il passe une main sur sa large moustache puis serre le poing de l'autre main et frappe un grand coup sur le plateau du bureau. L'une des plumes s'échappe de l'encrier et tombe sur un document officiel en laissant un mince filet noir. Le militaire se recule d'un pas et pose ses deux mains sur le dossier d'un fauteuil. Il dévisage Charles.

— À cause de votre attitude insensée, nous avons perdu un temps précieux. Nous devrions déjà être positionnés devant les barricades. Quelle image avez-vous donnée à vos hommes Monjeau ? Déplorable ! Nous sommes en guerre Monjeau ! Je ne vois que des ennemis ici. Nous n'avons pas le droit à l'erreur Monjeau. Vous comprenez ?

— Mais... mon commandant, je ne peux pas tirer sur un peuple désarmé... et affamé.

— Ah ! Vous croyez ? Mais que vous êtes naïf, capitaine Monjeau ! Ils tuent des prêtres ! C'est ça que vous voulez à Paris ?

— Non, mon commandant. Mais on peut quand même écouter la détresse du peuple de Paris.

— Monjeau, vous êtes contaminés ! Je plains vos parents. Ils avaient fondé de grands espoirs en vous. Je suis déçu, Monjeau.

— Mon commandant, sauf votre respect, une issue pacifique doit être possible. Je le crois.

— Hélas ! Non, Monjeau. Ils sont devenus des bêtes... des idéalistes. Les pires ! La séparation de l'Église et de l'État, l'école pour tous, l'égalité des salaires. Et puis quoi encore ? Je vous le dis, Monjeau, nous avons négocié un armistice avec les Prussiens, mais pas de pitié pour les fédérés. Un ramassis de jacobins ! Un troupeau de blanquistes ! Des internationalistes ! Et la patrie, Monjeau ?

— Nous avons évité un bain de sang inutile mon commandant.

— Trop tard, Monjeau ! Tout ça est allé trop loin. Nous avons ordre de reprendre Paris à tout prix et c'est bien ce que nous allons faire. Mais... sans vous, Monjeau. Je vous affecte dans une caserne perdue aux confins de la République. Vous réfléchirez à vos actes. Eu

égard à la réputation et aux services rendus par vos ancêtres, je ne vous mets pas aux arrêts et vous évitez la prison. Vous avez embrassé la carrière militaire. Votre famille a toujours servi la France et elle doit continuer. Vous entendez Monjeau !
— Oui, mon commandant. À vos ordres.
— Pour les détails, voyez avec mon secrétaire. Laissez-moi maintenant. J'ai une capitale à prendre.
— Mes respects mon commandant.

Le commandant tire son fauteuil brutalement en arrière du bureau et s'y assoit. Il ajuste sa position et retire de sa pochette un mouchoir de soie avec lequel il nettoie énergiquement un monocle. Charles se redresse, tourne les talons et sort de la pièce. En passant la porte, il croise le secrétaire. Un grand escogriffe à l'uniforme trop petit et à la mine renfrognée. Sans un mot, il jette dans les mains de Charles le document attestant de sa nouvelle affectation, puis il entre dans le bureau du commandant et referme la porte.

Charles soupire profondément. Il évite le pire. Il ne dormait pas depuis ce fameux jour du début du mois de mai. Avec une brigade légère, il devait se rendre à Clamart pour récupérer le village aux mains des fédérés. Sur place, le jeune capitaine Monjeau se trouve face à un rassemblement d'enfants sales et dépenaillés entourés de femmes vociférant et brandissant des outils disparates. Plantées devant les militaires ; de nouvelles recrues pour la plupart ; elles criaient à pleins poumons : « *à travail égal, salaire égal !* » ou encore « *Vive la Commune ! Vive les Communardes !* ». Les enfants jetaient des boules de terres, de pailles et de crottins sur les uniformes rutilants des militaires et chantaient à tue-tête :

> « *... La victoire ou le tombeau*
> *Oui, barbare je suis*
> *Oui, j'aime le canon*
> *Et mon cœur, je le jette*
> *À la Révolution*
> *Oui, mon cœur je le jette*
> *À la Révolution...* [2] »

Charles, debout sur un magnifique cheval à la robe grise, fit reculer ses hommes pour se poster à bonne distance. Il ordonna aux hommes du premier rang de poser un genou à terre. Il donna l'ordre de mettre en joue les insurgés. Le capitaine installa la mitrailleuse et indiqua aux soldats de régler la mire sur les haillonneux. Les enfants reculèrent et allèrent se cacher derrière les femmes. Les fourches et les bâtons regagnèrent le sol. Le silence descendit d'un coup. Charles en profita pour intimer l'ordre à la foule de se disperser et de laisser passer la troupe. Il réitéra plusieurs fois ses sommations. Entre les deux camps, de la boue, de la paille et quelques poules. Les sabots du cheval impatient frappaient le sol. Charles tirait sur les rênes pour calmer sa monture. Au bout de longues minutes, un groupe de quatre femmes armées de gourdins et de bidents s'avancèrent de quelques mètres pour défier les militaires. Derrière elles, la foule grondait. La rumeur sourdait

---

[2] D'après un poème de Louise Michel.

comme l'eau de la source. La meute s'apprêtait à bondir. Charles était désemparé. Les hommes en armes le regardaient et, fébriles, ils guettaient sa décision. Les ordres du commandement s'avéraient extrêmement clairs. Le village devait être repris par « *tous les moyens* ». Terme employé par le général lui-même. La position devait être tenue par la brigade en attendant que l'avancée de l'armée vers Paris soit initiée. C'était là, la toute première mission du jeune capitaine. Il ne pouvait pas se résoudre à lancer une attaque meurtrière contre des femmes et des enfants. Il tenta de ramener à la raison les quatre éclaireuses. Il s'approcha d'elles et mit pieds à terre. Lorsque les insurgées regardèrent de près le capitaine Monjeau, elles furent traversées par un élan de stupeur et elles reculèrent de quelques pas. L'homme qui se tenait devant elle avait une tache rouge violacé qui lui prenait une grande partie du visage. Elles grimaçaient face à tant de laideur. Si fières et si virulentes, elles restaient sans voix. Charles ne s'en offusqua pas et tenta de parlementer. Il demeurait bien droit. Il regardait fixement les révoltés. Il gardait une main sur la poignée de son sabre et l'autre sur sa hanche. Après l'étonnement, les communardes se ressaisirent et le militaire ne reçut en retour que des crachats et des insultes.

    Le capitaine se replia derrière la brigade et la lourde mitrailleuse dont le soleil matinal faisait briller le canon. Un jeune soldat, de vingt ans à peine, avec un genou au sol et le fusil à l'épaule n'arrivait plus à tenir sa position. Il transpirait beaucoup. Sa vue se brouillait et le doigt sur la gâchette tremblait. Charles entendit le coup de feu claquer. Le tireur s'écroula à terre et lâcha son fusil. La balle siffla. Elle passa tout près de la tête d'une des quatre femmes et vint se loger dans le timon d'une charrette de paille. La déflagration fit s'envoler une centaine de choucas. Les femmes hurlaient et la foule compacte s'était reculée de plusieurs dizaines de mètres.

Charles fit relever le soldat et l'envoya derrière. À cause de ce coup de fusil accidentel, le capitaine a compris que ce combat n'avait aucun sens pour lui. Il retira son épée du fourreau et tendit le bras vers la foule. Il donna l'ordre à ses hommes de rebrousser chemin. La troupe se replia vers Velizy. La navette alerta immédiatement le commandement.

Charles n'attend pas de sortir pour décacheter la lettre à entête de l'armée. Il la déplie avec impatience. Il parcourt rapidement les formules d'usage pour s'arrêter sur le lieu de sa mutation. Il s'assoit sur le banc de l'antichambre du bureau du commandant et relit plusieurs fois le nom inscrit, avec une belle écriture cursive, de sa proche affectation : «*Nouvelle Calédonie*». Son cœur se calme et il respire profondément. Il n'avait pas du tout imaginé ça. Il finit de consulter le document. Il comprend qu'il ne pourra même pas passer voir sa famille. Le prochain bateau part dans quelques mois du port de Toulon. Il sort du bâtiment et hâte le pas pour rejoindre ses quartiers. Il monte quatre à quatre les escaliers qui mènent à sa chambre. Il s'assoit devant un petit bureau et trouve de quoi écrire. Il trempe la plume dans un minuscule encrier de verre et commence à rédiger une lettre à ses parents.

Le Destin d'Ismérie

Dans ce soubassement humide, froid et transformé en prison de fortune, l'air devient irrespirable et l'odeur épouvantable. Il arrive toutes les heures de nouveaux prisonniers que l'on jette sans ménagement dans ce trou immonde. Ismérie tente de garder sa place au plus près de la minuscule fenêtre et s'efforce de happer un peu d'air frais. Dans le baquet où l'eau, bien que renouvelée deux fois, ne suffit plus, les malheureux se précipitent pour y plonger les mains ou la tête. Ils se battent juste pour pouvoir s'approcher et y tremper les doigts. L'eau est souillée en quelques minutes. Les détenus grognent. Ils ne crient plus. Les soldats sont revenus deux ou trois fois pour jeter des restes de repas et quelques bouts de pains rassis. Les communards affamés sont devenus des rats. Des morts sont piétinés. Ceux situés le plus près de la porte ont, sans doute réussis, à attraper de minuscules déchets pour mâcher et calmer un peu les tiraillements du ventre.

Ismérie récupère un peu d'eau de pluie sur le rebord entre les barreaux du soupirail. Elle s'humecte les lèvres. À chaque mouvement vers le haut, sa douleur à l'aine se réveille et pousse sa puissance jusqu'à l'extrémité de ses doigts. Elle serre les dents. Ses yeux se sont habitués à la pénombre de cet endroit. Il paraît si petit qu'il devient presque impossible de s'asseoir. Grâce à la faible lueur de la fenêtre basse, Ismérie ne distingue maintenant plus que les têtes et les yeux creusés et hagards de ceux qui tiennent encore le coup. Dès que l'odeur des cadavres lui monte à la tête, elle se retourne vers la minuscule ouverture. Son souffle de vie.

À l'aube du quatrième jour, les canons se sont tus. Ismérie entend quelques salves sporadiques puis le silence effrayant de ceux qui agonisent. Ils restent muets. Ce sont leurs yeux qui parlent. Ils sont épouvantés. Ils ont peur. Leurs larmes ont l'air sèches. Leur cœur saigne. Ismérie s'accroche aux barreaux et regarde son coin de ciel pour ne pas sombrer quand les soldats versaillais ouvrent la porte de la cave. Elle n'aperçoit d'abord que des ombres qui s'agitent puis elle perçoit les cris. Des hurlements déchirants. Sorties à coup de crosse, les plus faibles d'entre eux s'effondrent au sol. Les suivants tentent, à bout de force, de les éviter. Les gardiens frappent et insultent les prisonniers qui passent à leur hauteur. Ils arrachent les vêtements d'une jeune femme et la jettent sur les cadavres gisants au sol. Ils rient à pleines dents en lorgnant le corps nu et sali de la pauvre prisonnière. Une communarde vient à son secours. Elle ramasse de quoi habiller la victime et s'enveloppe avec elle dans un large châle de laine. Les huées des gardiens les accompagnent jusqu'à l'escalier qui grimpe vers la sortie.

La cave se vide doucement de ses occupants. Les menaces, les intimidations et les coups escortent les prisonniers vers la rue. Ismérie s'accroche encore un peu à la grille du soupirail jusqu'au moment où un soldat novice s'apprête à la frapper avec la crosse de son fusil. Il lève son arme vers la jeune femme, mais avant qu'il puisse taper, Ismérie lâche sa prise et se retourne. Avec ses grands yeux, elle attrape le regard du gardien. L'effet s'avère immédiat. Il abaisse doucement ses bras et la laisse passer devant lui sans un mot. Aucun son ne peut sortir de sa bouche. Ismérie en profite pour relever et guider vers la porte quelques blessés sans qu'aucun d'eux ne soit molesté par les braillards armés en uniforme et au képi galonné d'un bandeau bleu clair. Une fois Ismérie dans l'escalier, les militaires reprennent les coups et les insultes pour évacuer la cellule. Il ne reste au sol que les cadavres des enfants, ceux des femmes, ceux des hommes tombés pendant cette semaine sanglante ; et l'odeur pestilentielle qui imprègne tout.

Ismérie avance à tâtons. Elle est éblouie par la lumière de la rue. Elle respire profondément l'air du dehors, mais la puanteur de la cave l'accompagne. Elle plisse les yeux. Il lui faut plusieurs minutes pour s'habituer au plein jour. Les prisonniers sont alignés et placés contre les restes d'un mur d'immeuble brûlé et effondré. Des fumeroles s'échappent encore des ruines. Ismérie relève un peu la tête et écarte ses cheveux sales de sa figure. Elle aperçoit au bout de la rue le capitaine. Il a rassemblé un peloton de huit soldats. Ils attendent l'ordre en position. Ils sont parés à faire feu. Les tirs ne tardent pas. Debout sur un tombereau, il fait défiler devant lui les prisonniers tout juste extirpés de leur trou à rats. D'un geste de son sabre, il décide qui doit vivre et qui doit mourir. Les brutes en uniformes qui s'occupaient de faire sortir les communards à coups de crosse servent à présent les projets de leur chef. Avec un zèle sans failles, ils orientent la longue file des prisonniers. Des Parisiens haineux ressortent maintenant de chez eux, acclament les soldats versaillais et déversent leur fiel sur les communards. Les plus téméraires accompagnent leur hurlement de coups ou bien jettent le contenu malodorant des seaux d'aisance.

 Le capitaine, sur son perchoir, contemple fier la scène dont il est le maître. Ismérie suit le mouvement en boitillant. Les exécutions sommaires s'enchaînent. Des badauds applaudissent. Les rescapés sont rassemblés dans une cour voisine. Au passage d'Ismérie, les cris cessent et les regards fuient. Le capitaine aperçoit la jeune fille de loin. Il tire de l'une de ses poches un foulard bleu. Il le tend à l'un de ses hommes et lui ordonne de l'attacher immédiatement autour des yeux d'Ismérie. Le soldat s'exécute et la belle communarde blessée se retrouve à nouveau dans le noir. Le morceau de tissu empeste le tabac et l'eau-de-vie. Elle attend son tour. Elle s'en veut de laisser seule sa mère. Elle avance à pas contenus pour ne pas tomber puis elle sent de petits doigts lui prendre la main et la guider. Les coups de feu se rapprochent. Chaque détonation fait sursauter Ismérie. Tout son corps se raidit et elle s'accroche fermement à la main d'enfant qui la conduit. Elle voudrait parler, mais les mots restent dans sa gorge sèche. Elle souhaiterait rassurer cet ange des barricades, mais elle ne peut pas. Elle n'imaginait pas finir comme ça sur le pavé parisien. Elle ne pensait pas que son sang irait grossir le fleuve rouge qui s'écoule dans la ville. Elle continue d'avancer en murmurant : « *Débordant de rêves. Cerises d'amour aux robes pareilles. Tombant sur la faille. En gouttes de sang. Mais il est bien court le temps des cerises… il est bien court le temps des cerises… le temps des cerises…* ».

 Des ordres hurlés aux soldats par le capitaine sortent Ismérie de sa sombre hébétude. Elle perçoit des bruits de sabots puis le son des roues de chariots sur les pavés. La petite main serre fort le pouce de la jeune femme puis le mince bras se tend et l'entraîne dans une marche soutenue. Avec ce bandeau sur les yeux et la faim qui la tenaille, Ismérie croit perdre l'équilibre à chaque pas. Souvent, sa blessure à l'aine se réveille et lui irradie tout le corps. Lorsque le cortège ralentit ou s'arrête, elle se cogne fatalement contre les personnes qui la précèdent malgré son petit guide qui la freine comme il peut. Ismérie perçoit sur son visage et ses épaules la douce chaleur des rayons du soleil de cette matinée de mai. Elle hume Paris. Elle respire Paris. Parfois, des odeurs de poudre et de brûlé viennent lui picoter les narines. Au son des cloches qui tintent au loin, elle tente de trouver des points de repère. Elle penche légèrement la tête vers son jeune guide. Elle avale difficilement sa salive.

— Sais-tu ? Sais-tu où nous sommes ?
— Oui. M'dame. Pour sûr. Vers bastoche. Y paraît qu'le « *boucher* » va nous j'ter dedans la Seine.
— Combien ? Combien ?
— J'sais pas m'dame. J'sais pas compter plus que mes doigts. L'capitaine avec sa mitraille, il a fait un tas d'macchabs. Plus haut que la barricade.
— Comment t'appelles-tu ?
— Léo, m'dame. Léopold. Pour de vrai. Mais j'préfère Léo.
— Merci Léo.

— M'dame. Vous êtes tellement belle. Dans tout Paris, j'ai jamais rien vu d'si beau. Juré. Pour sûr.
— Merci mon garçon. Léo ? Pourquoi m'avoir pris la main pour me guider ?
— C'est vous m'dame. Y'a comme une lumière. Les brutes ont peur de vous. J'étais à côté d'vous dans c'trou des rats. J'ai pas flanché, m'dame. Grâce à vot' beauté. P't'être comme un tableau dedans le Louvre.
— Merci Léo. Heureusement que tu es là.

Le cortège progresse vite sous les coups répétés des gardes. Il traverse la Seine par le pont d'Austerlitz, longe le jardin des plantes et avance vers le sud de la ville. Sous le soleil de midi, les prisonniers coupent un camp de fortune des versaillais vers Vanves. Ils sont « *invités* » brutalement à y faire une pause. Pour la première fois depuis quatre jours de l'eau, du pain et une sorte de ragoût sont distribués aux malheureux. Léo lâche la main d'Ismérie et récupère deux rations. Ismérie, épuisée, se laisse tomber et s'adosse à un muret écroulé. Elle retire le foulard qui lui bande les yeux. Aveuglée par le soleil, elle ferme les paupières et les masque avec sa main. Elle écarte ses doigts doucement pour forcer ses yeux s'habituer à la lumière. Petit à petit, elle découvre ses compagnons de route et les soldats qui les encadrent.

Ils sont parqués dans l'enceinte d'une ferme détruite par les combats et abandonnée. Un groupe de soldats versaillais y a établi un poste avancé avec un canon pointé sur la ville de Paris. Ismérie compte environ cent cinquante prisonniers. Parmi eux, beaucoup de femmes et d'enfants. Le capitaine n'a laissé aucune chance aux hommes et nombre d'entre eux collent encore leur visage sur les pavés parisiens. Ismérie enrage. Elle ajuste le pansement improvisé qui couvre sa blessure. Elle saisit la nourriture que lui tend un jeune garçon de tout juste dix ans. Sous des traits d'enfant, il présente un regard dur et effrayé. Ses yeux marron sont creusés. Une tignasse abondante et crasseuse lui jette des mèches jusque sur les joues. Son visage amaigri, rond et rose sort à peine de l'enfance. Sa petite bouche cache une dentition abîmée qu'Ismérie aperçoit quand il tente de rire. Il est habillé comme un vrai soldat fédéré. Léo s'approche et chuchote.

— M'dame, y paraît qu'on reste là jusqu'à demain. C'est le cap'taine qui l'a dit à ses hommes près de la cambuse.
— Il n'a pas dit où ils nous emmènent.
— Non, m'dame. On profitera de la nuit pour s'tailler de s'bled. Hein, m'dame ?
— Tu... tu veux t'échapper ? Mais je suis blessée, Léo. Je ne peux même pas courir. Tu... tu peux y arriver. J'en suis sûr. Mais... mais je ne peux pas te suivre.
— M'dame. Je reste alors. Je reste avec vous. Pour sûr.
— Non, non, Léo. Si tu peux, fais-le.
— Mais m'dame ? Comment vous allez faire sans mes yeux ? J'suis comme qui dirait un guide. Vot'guide m'dame.
— Léo, tu es gentil, mais ne t'en fais pas pour moi. Je vais me débrouiller. Léo, je voudrais te

confier un message pour ma pauvre mère. Pourrais-tu te rendre rue Titon et la rassurer ?
— Pour sûr m'dame que je vais l'faire.
— Elle s'appelle Marie.
— Maintenant faut manger un peu, m'dame.

Léo grimace et se tord la bouche en avalant un peu d'eau et en mâchant énergiquement un quignon de pain dur trempé dans la gamelle de ragoût qu'il partage avec sa protégée. Ils passent l'après-midi à parler de la Commune et à fredonner à mots couverts les chants de lutte pour ne pas réveiller la hargne et la brutalité de leur geôlier. Au crépuscule, les militaires regroupent les prisonniers dans une vieille grange. Au passage, certains communards sont roués de coups et laissés pour morts au milieu de la cour. La nuit les achèvera. Plusieurs braseros sont installés. Les fusils des soldats au repos sont positionnés en faisceaux. Léo prépare son évasion. Ismérie panse sa plaie.

La nuit profonde déploie ses charmes avec grâce. Quelques nuages clairs traversent le ciel et mangent un peu la lune ronde et cuivrée. Dans le lointain, en plein cœur de Paris assiégé, les dernières canonnades brisent la nuit et enflamment les immeubles. Ismérie, Léo et les autres, entassés dans cette bâtisse ouverte aux quatre vents, sursautent à chaque explosion. Les soldats au repos festoient bruyamment. Les sentinelles veillent. Le capitaine assis autour d'un feu nettoie la lame de son sabre.

Lorsque la dernière bûche est presque consumée, Léo s'approche d'Ismérie silencieusement et sur la pointe des pieds. Il pose un genou à terre et remonte le vieux sac de jute qui couvre un peu la jeune femme. Il n'ose pas la toucher. Il lui souffle à l'oreille.

— M'dame. J'y vais. J'irais directement voir vot' mère. Vous... vous êtes comme un soleil... et même dans la nuit. Je vais tout l'temps penser à vous. Vive Paris. Vive la commune.
— Prends garde à toi Léo. Merci.

Ismérie étend son bras et caresse la joue de l'enfant. Il sourit. Ses petits yeux ronds brillent dans l'obscurité. Il se relève et enjambe les prisonniers pour gagner le fond de la bâtisse délabrée. Il escalade avec agilité un vieux mur aussi facilement qu'un chat et se glisse sur un entrait de la charpente. Ismérie le voit disparaître dans un trou du toit. Elle perçoit un moment le bruit presque inaudible des craquements du garçon progressant sur les ardoises et puis elle n'entend plus rien. Un rayon de lune entre par une haute fenêtre et s'installe sur les corps meurtris et endormis des prisonniers. La jeune femme pose sa tête sur un peu de paille et essaie de trouver le sommeil.

Juste avant le lever du soleil, les communards sont rassemblés sans ménagement dans la cour. Dans la pénombre, le capitaine grimpe sur son cheval, hurle quelques commandements à ses hommes et lève son sabre pour donner le signe du départ. Le triste cortège se met en route. Pour ne pas porter le bandeau sur les yeux, Ismérie cache son visage derrière un morceau de tissu arraché à la doublure d'un vieux manteau. Elle ne laisse dépasser que ses yeux.

Elle passe inaperçue et se fond au milieu de la colonne des prisonniers.

Le camp de Satory, à Versailles, s'avère déjà bien plein quand le groupe de communards dans lequel se trouve Ismérie s'approche des lourdes portes que les gardiens ouvrent. Ils poussent violemment les prisonniers à l'intérieur. Une femme épuisée trébuche et s'effondre à terre à quelques mètres du camp. Elle est tirée par les pieds puis jetée en contrebas de la route et achevée d'un coup de baïonnette. Les contestations et les cris d'effroi sont vite étouffés à coup de crosse de fusil. Le capitaine remet son épée au fourreau et s'éloigne fièrement sur son cheval. Ismérie s'irrite et laisse échapper une larme. Elle s'imagine flânant avec sa mère et le petit Léo à travers le faubourg Saint-Antoine.

Il y a déjà plusieurs centaines de prisonniers entassés dans le camp. Les plus vaillants trouvent le courage et la force d'organiser la détention. Des abris de fortune avec des morceaux de toile sont construits pour héberger les blessés et les plus affaiblis. Ismérie, malgré sa plaie qui n'arrive pas à cicatriser, s'efforce d'aider les malades. Pour obtenir les faveurs des gardiens et de maigres avantages, elle use de sa lumière. En dépit des conditions difficiles, elle parvient tant bien que mal à laver son visage et à nettoyer sa blessure. Au milieu de toutes ces âmes perdues et stupéfaites, elle fait face et promène sa splendeur. Elle donne un peu d'espoir à tous les communards et dans la poussière blanche que le vent soulève, elle s'efforce de survivre.

Bien avant que les conseils de guerre ne soient installés, des hommes et des femmes meurent de maladie, des suites d'une lésion mal soignée ou bien abattu par les soldats. À la fin de l'été, les morts se comptent par centaines. Ismérie survit. Elle est amaigrie. Elle récupère parfois du pain presque frais et des morceaux de lards qu'elle s'empresse de distribuer aux plus faibles. Lorsque les gardiens investissent le camp à la recherche d'une proie, Ismérie se précipite au-devant des soldats. Arrêtés brutalement dans leur élan violent par la présence de la jeune femme, ils repartent avec un air renfrogné et déçu. Afin d'assouvir leur soif d'agressivité, ils reviennent au petit matin pour attraper le premier venu et le tabasser jusqu'à le laisser agonisant au centre du camp. En découvrant la scène d'horreur, Ismérie a le cœur qui saigne.

L'attente se montre à tel point insupportable que des prisonniers se jettent directement sous les balles des soldats pour abréger leur souffrance. Ismérie trouve un peu de réconfort et d'optimisme en compagnie de Louise Michel. À l'automne, Versailles accueille les premiers procès des communards. Des captifs y échappent en monnayant leur libération simplement avec des gardiens avides et peu scrupuleux. Ismérie sera conduite devant le quatrième conseil. Elle doit patienter encore jusqu'au mois d'octobre. Les premières condamnations à mort sont prononcées. Les détenus sont immédiatement exécutés au camp et jetés dans une fosse commune. D'autres prisonniers sont directement transférés dans de nouvelles geôles. La pluie, le froid et la boue recouvrent le camp de Satory. Les maladies et le manque de soins finissent d'emporter les plus diminués. Ismérie s'épuise à essayer de sauver le plus de prisonniers. Elle n'a pas de nouvelles de sa mère.

Le matin du seize octobre dix-huit-cent-soixante-et-onze, un groupe de soldats franchit les portes du camp et fonce sur l'abri de toile déchirée où Ismérie tente de soigner les malades et de réconforter les mourants. Le chef, un bandeau dans les mains, se poste devant elle et pour éviter son regard, tourne la tête de l'autre côté.

— Femme Martin ! Veuillez nous suivre !

Ismérie nettoie ses mains dans un baquet d'eau de pluie. Elle prend le temps de les frotter puis elle les essuie avec le bout de tissu qu'elle porte autour de la taille en guise de tablier. Elle empoigne ses cheveux et les tire vers l'arrière pour les attacher avec un vieux lacet. Son visage solaire s'illumine. Elle ajuste son corsage et défroisse les pans de sa robe. Tous les regards convergent vers elle. Elle se poste devant les gardes en remontant fièrement son buste. Le brigadier, sans oser la fixer dans les yeux, lui donne le morceau de tissu. Ismérie s'en saisit et prend son temps pour le placer autour de sa tête. Elle fait un double nœud qu'elle serre assez fort. Elle tend le bras vers le soldat.

— Soldats ! Allons-y ! Je suis prête.

Deux jeunes gardiens de l'escouade jettent leur fusil sur l'épaule et saisissent les bras d'Ismérie. Le chef donne le signal du départ d'un geste de la tête. Les prisonniers rassemblés sur deux rangs forment un couloir étroit où les hommes en armes tentent de se frayer un chemin. Devant, le soldat, inquiet, dégaine son sabre et le lève suffisamment haut pour que les communards s'écartent. La tension baisse d'un cran quand la petite troupe passe le portail d'entrée. Ismérie est guidée jusqu'au fourgon cellulaire. Ses deux gardes l'aident à grimper à l'intérieur du véhicule. Elle trouve une place grâce à l'assistance d'autres prisonniers déjà installés qui la conduisent en lui tenant la main. Ismérie entend le claquement de la porte puis le verrou que l'on tire. Le chef d'escouade donne l'ordre du départ au cocher. La secousse fait légèrement basculer les détenus. Ismérie se cramponne au banc de bois sur lequel elle est assise.

À l'intérieur, personne ne parle. Ismérie ne perçoit que le bruit de grincements des essieux et des roues sur la chaussée et les ordres du conducteur aux chevaux. Elle devine l'entrée dans la ville au son des roues sur les pavés. Dans l'habitacle règne une odeur forte et prégnante. Celle des prisonniers privés d'eau et en manque d'hygiène. Des malheureux toussent et crachent. La peur envahit l'espace clos. Pour beaucoup d'entre eux, la défaite a un goût amer et l'espoir s'est envolé dans la poussière et la crasse du camp de Satory. Ismérie se lève, s'accroche à tâtons à une main-courante en fer au-dessus d'elle.

— Écoutez-moi ! Mes compagnons d'infortune. Ne perdez pas espoir, je vous en conjure ! Ne les laissez pas souffler sur cette flamme que nous portons en nous et qui éclairera, j'en suis sûr, un nouvel ordre politique et social ! La Commune n'est pas morte ! Mes sœurs ! Mes frères ! Reprenez avec moi. « *J'aimerai toujours le temps des cerises. C'est de ce temps-là que je garde au cœur Une plaie ouverte, Et dame Fortune, en m'étant offerte, Ne saurait jamais calmer ma douleur. J'aimerai toujours le temps des cerises Et le souvenir que je garde au cœur»*.

Dans le fourgon, personne ne réagit. Quelques murmures parviennent aux oreilles d'Ismérie et reprennent à demi-mot et sans entrain les paroles de la chanson. D'un geste déterminé, la jeune femme ôte son bandeau. L'intérieur du chariot ressemble à un cachot ; sombre et froid. De petites persiennes laissent à peine passer un peu de lumière. Suffisamment pour que la prisonnière puisse apercevoir les condamnés résignés qui l'accompagnent. Ismérie porte le masque de la tristesse, mais son visage rayonne et enveloppe de sa beauté les autres communards. Le freinage brutal du fourgon envoie violemment la jeune femme contre la paroi du fond. Elle se relève.

— Compagnons ! Nous y sommes ! Défendez-vous ! Ne les laissez pas vous étouffer dans cette parodie de procès. Celui de la misère !

Une lumière aveuglante pénètre à l'intérieur de la cellule mobile quand le gardien ouvre la porte. Les prisonniers descendent un par un en se protégeant les yeux avec la main. Ismérie sort la dernière. Elle a tout juste le temps de regarder devant elle avant que l'un des gardiens ne vienne lui rattacher son bandeau autour des yeux. La cour grouille de soldats, mais quelques civils fortunés ou notables installés se fraient un chemin pour assister au procès « *du désordre* ». Les prisonniers sont poussés par les soldats vers l'entrée de l'Orangerie. Le bâtiment est aménagé pour l'occasion en tribunal militaire. Ismérie tente de découvrir l'endroit. À la résonance des sons, elle devine que la salle semble immense. Elle entend un brouhaha continu de claquements de pupitre et de bruit de bottes. Elle perçoit des discussions sourdes comme lorsqu'elle était allée au théâtre du Châtelet pour la première fois.

Une forte odeur de bois ciré vient flatter les narines d'Ismérie. Elle est poussée dans la travée du troisième rang. Elle s'assoit et retire une fois encore son bandeau. D'immenses boiseries tapissent les côtés de la grande salle. En surplomb, de belles fenêtres en arc de cercle se dressent jusqu'au plafond voûté et inondent l'arène d'une vive lumière blanche. Dans le fond de la pièce est accrochée une gigantesque tenture de velours sur lequel est apposé un épais cordon bleu, blanc et rouge. Juste au-dessus est suspendu un énorme christ en bois. Devant la draperie s'élève une tribune avec une longue table et huit sièges aux dossiers hauts et bordés de dorures. Une table est située en avant de l'estrade. En face des bancs des accusés, les emplacements des « *citoyens* » et celles des journalistes. Face à la scène, deux petits bureaux sont posés pour les greffiers. En contrebas des prévenus, les places réduites des avocats. Ismérie soupire. Le spectacle va bientôt commencer. Elle est disposée au dernier rang. Elle compte à côté d'elle, cinq femmes et une trentaine d'hommes.

Lorsque l'un des greffiers se lève et annonce l'arrivée des membres du Conseil de guerre, le silence est demandé. Quelques claquements de bottes résonnent dans la salle. L'agent fait asseoir l'auditoire d'un geste de la main. Seul le militaire de haut rang et président du conseil reste debout. Il ajuste son monocle et entame la lecture du document officiel. L'homme dans son uniforme d'apparat a un air sévère. Il tient fermement son papier dans une main et serre la poignée de son sabre de l'autre. Le quatrième conseil de guerre peut commencer.

À l'appel de leur nom, les prévenus se lèvent et écoutent, résignés, l'exposé des mises en accusation. Les militaires ne les laissent surtout pas descendre à la barre. Les condamnations suivent et s'enchaînent sur un rythme effréné. La défense tente d'aider les accusés, mais l'auditoire versaillais couvre les plaidoiries par de vives exclamations et des sifflets continus. Le conseil ne prend pas même le temps d'entendre les inculpés. Le temps presse pour écraser pour de bon la Commune et « *rétablir l'ordre* ». Les greffiers ont à peine le temps d'enregistrer les condamnations. Ismérie légèrement cachée au dernier rang fulmine devant cette parodie de justice. Trois de ses compagnons sont condamnés à mort et traîné directement à l'extérieur par des soldats. Ils n'iront pas jusqu'à la fin du jour.

Vient le tour d'Ismérie. À l'appel de son nom, elle se lève calmement, se tourne vers la droite et regarde droit dans les yeux, les huit juges en uniforme. Le greffier, le nez dans l'acte d'accusation, lit d'une voix monocorde. Autour de lui et dans tout le tribunal, un silence assourdissant a tout enveloppé. Ismérie dresse le menton et pose un regard fier sur l'assemblée. Ses longs cheveux noirs ondulent jusqu'aux épaules et dégagent son visage clair et resplendissant en dépit des mois de détentions. Ses yeux en amandes n'ont jamais paru aussi limpides et profonds. Malgré le manque d'hygiène dans le camp de Satory, son visage fin respire le propre et le frais. Ses petites lèvres d'un rouge délicat dessinent un bel arc de cupidon.

Avant même qu'on le lui autorise, elle soulève les plis de sa robe et se fraie un passage jusqu'au bout de la rangée puis elle descend tranquillement à la hauteur de la barre. Dans le tribunal, aucun garde ne bouge. L'ensemble des acteurs de la comédie qui se joue dans ce bâtiment reste médusé ; pétrifié. Ismérie tend ses bras et prend à pleine main la barre de bois. Elle lève la tête et dévisage les militaires posés sur leur estrade.

— Comment avez-vous pu laisser sans soins et sans abris tous ces malheureux ? Comment avez-vous pu tuer sans pitié tous ces enfants de Paris ? Comment avez-vous pu ! Je sais bien qui vous êtes ! Je sais bien ce que vous voulez ! Faire taire à tout prix la voix des miséreux ! Étouffer la république sociale et garder vos privilèges ! Je ne reconnais pas ce tribunal, mais si je dois être condamnée à mort, je suis prête à retrouver mes compagnons de lutte. Je partirai les yeux ouverts et la conscience libre.

Le tribunal reste silencieux malgré des toussotements contenus et quelques craquements. Le bruit des plumes sur le papier noirci par les scribes est presque perceptible. Les inquisiteurs aux uniformes moirés et aux moustaches lustrées feuillettent leur dossier. Aucun d'eux ne contemple Ismérie. Personne ne la regarde. Le président du conseil fait un signe discret à un garde posté au bord de la tribune. Le soldat s'approche et tend son oreille. Il se relève, passe derrière les magistrats et redescend de la scène. Il marche à côté des travées réservées aux prisonniers puis fonce jusqu'à la barre. Ismérie n'a pas le temps de réagir qu'il se poste devant elle et d'un geste rapide et agile, il sort un foulard pourpre de son plastron qu'il s'empresse d'attacher autour de sa tête. Il passe derrière elle et lui saisit les deux mains. Pendant ce temps, un autre garde s'approche pour lui menotter les poignées. Ismérie se débat, mais il est trop tard. Elle jette ses cheveux vers l'arrière et se tourne vers ses juges.

— Une fois de plus vous ignorez la Commune ! Avez-vous peur de la vérité ? Pour me faire taire, voulez-vous aussi me museler ? Je ne suis pas militaire et je ne connais rien à l'art de la guerre. Je n'ai rien à faire ici. Vive le temps des cerises !
— Femme Martin ! Il suffit ! Vous pérorez, mais vous avez été arrêtée au pied d'une barricade et... si je m'en réfère à ce document, vous portiez assistance aux rebelles. Vous êtes coupable autant que toute cette vermine. Je vais maintenant...
— Je suis face à vous dans l'obscurité. Quelle justice se dérobe ainsi ? Comment osez-vous rendre la justice sans nous regarder en face !
— Mais... c'est vous. C'est vous qui nous obligez à de telles extrémités. C'est à cause de vous tout ça. Votre visage... ce silence...

— Regardez mes juges ! Regardez bien le visage de la Commune ! Le visage de tous ceux qui sont morts ! Le visage de tous vos condamnés !
— Femme Martin, veuillez-vous taire ou je vous envoie directement au cachot ! Le conseil de guerre en a plus qu'assez de vos élucubrations ! Vous êtes l'exemple même des idées qui mènent au désordre ! Greffier ! Prenez note !

Maintenant qu'Ismérie est cachée derrière un bandeau et les mains attachées dans le dos, le procès reprend son cours. Les clameurs sourdes des spectateurs se réveillent également. Le président du conseil se lève et pose son sabre devant lui.

— Femme Martin, couturière, née, le vingt août dix-huit-cent-quarante-six à Paris, de Marie Martin, lingère et de père inconnu. Vous êtes logée rue Titon à Paris. En ce jour du seize octobre dix-huit cent soixante et onze, vous êtes reconnue par le quatrième Conseil de guerre de la première division militaire coupable d'avoir sciemment fourni ou procuré des munitions à des bandes armées pour faire attaque ou résistance envers la force publique agissant contre ces bandes. À la majorité, le Conseil n'a pas admis des circonstances atténuantes. Le Conseil vous condamne à la peine de la déportation simple et à la dégradation civique en vertu des articles quatre-vingt-seize et quatre-cent-soixante-trois du Code pénal et premier et trois de la loi de dix-huit-cent-cinquante. Dans l'attente de votre peine, vous serez conduite à la prison pour femme d'Auberive. Gardes ! Emmenez la prisonnière !

Ismérie ne peut plus arrêter ses jambes qui tremblent comme les feuilles des arbres sous le vent. Elle se sent défaillir. Tout son corps se dérobe. Elle manque de tomber. Personne ne remarque ses larmes qui imprègnent le bandeau qui lui masque les yeux.

La Colère d'Henri Monjeau

Henri Monjeau n'en peut plus. Une colère froide l'habille depuis l'aube. Depuis ce matin, il traverse la maison de long en large et d'un pas rapide. Il ne lâche pas de sa main une lettre. Quand il s'arrête, c'est uniquement pour lever les yeux sur la missive. Il la prend avec ses deux mains et déchiffre la belle écriture de son fils. Il commence sa lecture à voix basse et augmente le volume au fur et à mesure de sa contrariété. Toute la maison est réveillée depuis que le billet a été apporté et remis en main propre au maître des lieux.

La journée d'été s'annonçait pourtant radieuse. Une douce brise s'était levée en même temps que le soleil. Au fond du parc, les lianes des immenses saules ondulaient. Un couple majestueux de cygnes blancs glissait sur les eaux paisibles du Loiret. De la roseraie, domaine réservé d'Adélaïde Monjeau, émanaient des senteurs et des parfums subtils. La maîtresse des lieux y passe le plus clair de son temps. Ses roses uniques sont renommées dans toute la région. Elle a même donné son nom à deux variétés que son jardinier a créées pour elle. De l'autre côté de la roseraie, une belle pelouse bordée de marronniers descend en pente douce vers la rivière. Derrière, quatre marches et un large perron permettent l'accès à la demeure. Aux coins de la terrasse, deux grands vases Médicis reposent sur des socles d'inspiration « empire ». De généreux pétunias retombant aux couleurs vives débordent de fleurs et se laissent glisser jusqu'à effleurer les dalles. La vigne vierge monte à la hauteur des fenêtres du premier étage. Les rayons du soleil commencent à rendre les feuilles brillantes et un léger bourdonnement se fait entendre.

Henri Monjeau traverse encore une fois le hall d'entrée puis il pénètre dans son cabinet et claque la porte. Une grande bibliothèque recouvre tous les murs. Près de la vaste fenêtre, un large bureau au plateau marqueté et verni porte un support de bois avec deux encriers et trois plumes blanches ainsi qu'un sous-main de cuir noir. En dehors, des trois fauteuils qui le cernent, un télescope de cuivre repose sur un trépied de bois et lève sa lunette vers le parc. Le sol est composé de dalles hexagonales en pierre crayeuse intercalées avec de petits carreaux d'ardoise. Aux côtés du bureau, une vitrine avec un liséré dorée renferme deux sabres et trois dagues. Juste à côté, un uniforme de chef militaire est porté par un valet de bois et de tissu. Face à la fenêtre se dresse une grande cheminée bordée de pierres blanches et coiffées de marbre. Au-dessus, un miroir reflète à la fois le bureau, Henri Monjeau et le jardin baigné de soleil.

L'homme exaspéré s'assoit à son bureau et pose la lettre sur le plateau devant lui. Il en écrase plusieurs fois les plis par un appui prononcé du dos de la main. Il rapproche son fauteuil de la table et remontent les manches de sa robe de chambre puis il attrape les bords de la lettre. Il replie légèrement ses bras et amène le papier au plus près de son visage.

— Je ne comprends pas. Non, non, je ne comprends pas ce qui lui a pris de faire ça. Pas un Monjeau ! Pas ça ! Quelle honte ! Quel outrage ! Me faire ça à moi.

Il n'arrive pas à détacher son regard des signes à l'encre noire, porteur de mauvaises nouvelles, qui couvre la feuille. Il ne parvient pas à se calmer. Lorsque Fernand ouvre avec délicatesse la porte du bureau et s'avance avec un plateau à la théière fumante, il est immédiatement rabroué. Le pauvre garçon pose le plateau sur le bureau. Il ne s'excuse de rien puis il se retire sans faire de bruit.

Le militaire en retraite caresse sa moustache et regarde son uniforme prenant la poussière. Il se lève et s'approche de la fenêtre. Il actionne la poignée de la porte et sort sur la terrasse. Un rayon de soleil l'oblige à plisser les yeux. Il respire profondément. Un bouquet d'odeurs d'été lui chatouille le nez. Le jardinier s'affaire au fond du parc et autour de la petite maison abritant deux modestes embarcations. Henri Monjeau revient dans son bureau et se sert une grande tasse de thé. Il la boit d'un trait. Il se rassoit et sort du tiroir un beau papier à lettres à entête. Il écarte la missive de son fils Charles et positionne une feuille face à lui. Il saisit une plume et ouvre le capot en cuivre de l'encrier. Il trempe plusieurs fois la pointe de la plume dans l'encre et avant d'amorcer sa composition, il la tourne légèrement pour se débarrasser de l'excès de liquide. Il ne prend pas le temps de réfléchir et commence à noircir la feuille de couleur crème. Il ravale un peu sa colère, mais son bras, sa main et ses doigts en décident autrement. Il choisit avec soin des mots durs et sévères. L'écriture est précise ; militaire. Sans ambages et sans fioritures, il donne ses ordres et exécute sa sentence.

« *Charles,*

Je suis surpris et déçu des nouvelles reçues dans ta dernière lettre. Ta conduite s'avère indigne d'un Monjeau. Tu as reçu en héritage ce don pour l'ordre et la carrière. Comme ton grand-père avant moi, et comme moi, tu dois t'en montrer digne et ne pas salir ainsi la mémoire de tes ancêtres. Aucun Monjeau ne s'est soustrait aux ordres. Je veux croire que c'est juste un faux pas et que tu vas te reprendre. Je vais également écrire à l'état-major pour m'excuser de ton comportement inadmissible et je vais tenter de t'éviter ce bannissement indigne d'un Monjeau. Je regrette amèrement l'éducation sans doute trop permissive que nous t'avons donnée. Tu portes le nom des Monjeau et tu dois le respecter.

Il nous apparaît un autre point important. Il semble hors de question de repousser le mariage avec Eugénie Clery du Val de Serran prévu cet automne. Tout est déjà réglé avec sa famille. Cette union fera entrer la famille Monjeau tout entière dans le monde qui compte. Entre la raison et les sentiments, nous avons choisi pour toi. Cette jeune personne, bien née, est, j'en suis convaincu, la femme qu'il te faut. Le mariage sera célébré dans la cathédrale Sainte-Croix d'Orléans et résonnera jusqu'à Paris. J'ai récemment rencontré le marquis lors d'une chasse dans le bois de Maurepas et nous avons tout organisé. Les invitations ont déjà été envoyées. La famille de ton ami Philippe De Vassal sera présente. Charles, je compte sur ton discernement. J'ai engagé la réputation et le nom des Monjeau. Ta mère consacre tout son temps aux préparatifs. Ne la déçois pas. Ce mariage reste inespéré étant donné la marque que tu portes au visage. Dieu t'a voulu ainsi. Je nous considère comme très chanceux de pouvoir sceller cette union avec une famille bien née.

Charles, ne fais rien en attendant que je règle cette affaire. Si tu t'avisais de faire fi de mes recommandations, tu pourrais aller au-devant de graves conséquences. Je suis homme de parole et je ne pourrais pas consentir au déshonneur.

Ton père, Henri Monjeau ».

À peine a-t-il reposé la plume dans son support, qu'Adélaïde Monjeau entre dans le bureau. Elle porte une robe sombre à motifs discrets et fermée jusqu'au cou. Un peu de dentelle blanche couvre sa gorge. À part quelques mèches anglaises, ses cheveux forment un chignon serré maintenu par une épingle dorée surmontée de petites émeraudes. Elle a le teint blafard et l'air inquiet. Elle s'approche du bureau et regarde son mari.

— Henri, mon ami. Que se passe-t-il ? Vous semblez furieux depuis ce matin. Voulez-vous me faire part de l'affaire qui vous tourmente ?
— Adélaïde, il s'agit de votre fils.

— Que... lui est-il arrivé malheur ? Je suis inquiète avec tout ce désordre à Paris.
— Rien de tout cela, mon amie. Il a désobéi à ses supérieurs ! Il doit être transféré aux colonies ! Tenez ! Lisez !

Henri Monjeau tend la lettre à son épouse. Après sa lecture, Adélaïde s'effondre dans l'un des fauteuils. Stupéfaite par ce qu'elle vient de déchiffrer, son visage devient blanc et ses yeux se maquillent de frayeur. D'une main tremblante, elle redonne le feuillet à son mari.

— Et... et le mariage. Quelle catastrophe ! Quel malheur ! Je prépare cette union depuis des semaines. Devrons-nous tout annuler ? Je ne pourrais pas survivre à cette avanie. Nous devons recevoir le mois prochain le marquis et la marquise Clery du Val de Serran. Mais qu'allons-nous faire ? Pauvre petite Eugénie qui doit quitter le couvent pour ce mariage. Qu'est-ce qu'on va dire de nous ? C'est insupportable.
— Ne vous inquiétez pas, je vais écrire au commandement de Versailles pour faire annuler cet ordre. Jamais ! Non, jamais un Monjeau ne sera banni de France et traité de la sorte. Notre fils restera ici et le mariage aura bien lieu. Je vous le promets. Maintenant, laissez-moi. J'ai un courrier à rédiger.

Adélaïde Monjeau se lève et sort de la pièce l'air contrarié. Elle traverse le hall et se rend directement au jardin. Elle rejoint le jardinier dans la roseraie. D'un ton sec et sévère, elle donne ses directives au vieil homme qui, le dos courbé, s'exécute sans rechigner. Elle passe le reste de la matinée dans la roseraie. Elle dresse la tête de temps à autre pour regarder la fenêtre du bureau et soupire longuement.

L'église Saint-Martin sonne midi et dans la villa des Monjeau on s'apprête à déjeuner. Dans la grande salle à manger, Adélaïde et Henri Monjeau se font face autour de l'immense table. Ils restent silencieux pendant tout le repas. Le bruit des couverts dans les assiettes enveloppe à peine le mouvement du balancier de l'horloge-pendule qui occupe le manteau de la cheminée. Adélaïde pense au mariage de son fils. Henri ne décolère pas et se demande comment son fils a pu se montrer aussi lâche. L'après-midi se passe non moins calmement dans la chaleur de l'été. Pour elle, le thé est servi dans le jardin d'hiver ouvert vers le parc. Pour lui, le café est servi dans le bureau plongé dans la pénombre des volets à persiennes.

Vers la fin de l'après-midi, une estafette sonne à la porte de la propriété et rompt la quiétude du lieu. Deux plis cachetés sont remis par le majordome au messager qui repart immédiatement. La seconde lettre est destinée à l'état-major et tient en quelques mots. Henri Monjeau y a même apposé le sceau de sa bague. Avec des expressions choisies avec soin, il se rappelle au bon souvenir de ses amis militaires. Il se dit prêt à défendre en personne les intérêts de son fils et surtout les siens.

La demeure retrouve sa somnolence. Les marronniers projettent une ombre fraîche sur la terrasse et la façade. Henri Monjeau écarte les battants de la grande fenêtre de son bureau et pousse les volets vers l'extérieur. Il fait quelques pas sur les dalles encore chaudes du soleil généreux. Il tire longuement sur un cigare puis rejette de belles bouffées odorantes en direction du parc et de la rivière. Une barque glisse sans bruit sur l'eau en laissant derrière elle un sillage à peine visible. Le murmure des avirons et des pales qui remuent l'eau résonne timidement dans l'air du soir. Un héron importuné, déploie ses ailes et s'élève au-dessus des saules. Henri Monjeau se retourne vers la maison. Il aperçoit Adélaïde Monjeau. Elle lit, allongée sur un divan de velours rouge aux franges de coton doré, un roman d'Alexandre Dumas.

Le Départ des Condamnés

Le jour peine à se lever dans la ville de Toulon. Le mistral souffle un air glacial. Les rues désertes résistent. Dans la caserne encore silencieuse, Charles se tient debout devant la fenêtre de sa chambre. Il est planté là depuis un long moment. Les mains dans son dos, il se frotte nerveusement les doigts. Il porte le bas de son uniforme et a chaussé ses bottes cirées de la veille au soir. Il a choisi une chemise blanche et propre. Les bretelles pendent sur ses genoux. Il fait particulièrement froid dans la modeste pièce, mais le soldat ne le sent pas. Sur la petite table, la flamme hésitante d'une bougie éclaire un papier à lettres noirci et raturé à plusieurs endroits. Un amas de cire séchée recouvre le bougeoir de laiton. Sous la pointe d'une plume, l'encre coule et imbibe la feuille pour former une tache sombre. À côté du lit défait trône une malle ouverte. Le capitaine Monjeau réfléchit encore. La nuit n'a pas suffi à apaiser ses doutes. Il s'approche des carreaux de la fenêtre et essuie, d'un revers de main, la buée qui commence à les recouvrir. Il repense à la lettre de son père. Il aimerait être déjà parti. Il redoute un contre-ordre qui le ramènerait chez lui. Il est tiraillé, mais, au fond de lui, il se voit déjà loin. Il ne peut pas se résoudre à ce mariage. Il ne peut pas dire non à son père. Il soupire profondément, puis enfile ses bretelles. Il passe sa veste bleue et ferme les boutons dorés. Il regarde sa figure dans le miroir accroché au-dessus du meuble de toilette. Il grimace et se souvient des mots de son père sur son visage difforme. Il ravale sa colère puis il se retourne et ouvre la fenêtre. La flamme de la bougie vacille et s'éteint en laissant un trait de fumée ondulant qui se glisse sous la porte. Charles Monjeau s'avance vers la fenêtre. L'air frais lui caresse les joues et saisit sa petite moustache fine.

    Plus bas, vers le port, un bruit sourd de chaîne que l'on traîne rompt le silence de ce matin d'automne. De son promontoire, Charles ne voit pas la rue qui mène à l'embarcadère. Il aperçoit la cour et les premiers mouvements de la caserne qui s'éveille. De l'autre côté du mur, les bagnards résignés et entravés s'avancent lentement. De temps à autre, le cortège s'arrête et la ville retrouve un semblant de silence. Charles entend des cris et quelques ordres puis le convoi repart. Le mistral souffle plus fort et invite le soleil paresseux à se lever. Charles porte son regard au loin vers la mer et les mâts des navires qui mouillent au port et se balancent doucement. La longue marche des condamnés paraît interminable à Charles jusqu'au moment où un jeune soldat vient cogner à sa porte. Il salue le capitaine Monjeau et patiente jusqu'à ce que la malle soit bouclée. Charles y pose encore quelques livres et son nécessaire d'écriture. Il vérifie qu'il n'a rien oublié puis il ferme le couvercle et fait pivoter la clé dans la serrure. Le planton se saisit du bagage et l'emporte avec lui.

    Charles clôt la fenêtre et fait le tour de la chambre. Il tire le dessus de lit jusqu'à ce qu'aucun pli n'apparaisse. Il attrape son sabre et le fixe à sa ceinture. Il ajuste son képi et glisse la chaise sous le bureau. Il descend au mess des officiers pour avaler un café clair et une brioche. Il est encore tôt et l'endroit paraît presque vide. Seuls les soldats de service s'affairent autour du petit déjeuner. Le capitaine

Monjeau reste debout et ingurgite le breuvage d'un trait en regardant vers l'extérieur. Dans la cour, un groupe de soldats avec armes et bagages s'apprêtent à partir. Parmi eux, le jeune soldat qui garde la malle. À ce moment-là, un chariot pénètre dans la cour. Les hommes de l'escouade se précipitent pour y charger leurs paquetages et la malle du capitaine. Une fois le travail fait, ils forment les rangs et attendent le signal du départ.

Le capitaine Monjeau entre, avec la peur au ventre, dans le bureau du commandant de la caserne. Il redoute à tout moment l'annulation de l'ordre qui l'envoie aux antipodes. Le vieux militaire le reçoit avec un verre de cognac et un cigare. Charles range délicatement le cigare, mais accepte volontiers l'eau-de-vie. Il en a besoin. Dans la fumée et l'odeur de tabac, la discussion reste courtoise, mais franche. Charles prend son ordre de mission et avale une gorgée du contenu de son verre. Le liquide lui chauffe instantanément le gosier puis lui embrase l'œsophage en quelques secondes. Il étouffe une toux sèche puis termine son verre d'un trait. Il salue et claque le talon de ses bottes sur le sol. L'officier supérieur lui donne encore quelques conseils et le laisse retrouver ses hommes dans la cour.

Sur le port règne l'effervescence des grands départs. Charles s'avance sur le quai devant ses hommes. Le « *Jura* » se trouve juste devant lui. Ce navire doit le conduire jusqu'en Nouvelle-Calédonie. Les cordages s'agitent autour des mâts. Les voiles ont été ferlées. Une fumée noire et épaisse s'échappe de la cheminée centrale. Sur la poupe, un large drapeau bleu, blanc et rouge danse dans le vent. Des ordres sont hurlés depuis le pont principal et accompagnent la montée des bagnards. Charles arrête ses hommes pour laisser les condamnés grimper à bord. Ils portent tous les mêmes vêtements de toile et un baluchon de la même matière qui contient le peu de choses qui leur reste. Quelques badauds encadrent le cortège des malheureux.

Des familles tentent de se frayer un passage pour essayer de croiser l'ultime regard de celui qui s'en va. Une femme avec les yeux rougis s'époumone et brandit son dernier enfant au-dessus de la foule pour espérer que son bagnard de mari puisse l'apercevoir. Le capitaine Monjeau se tient droit et reste digne. Il est enfermé dans son uniforme. Il entend peu de cris hormis ceux des garde-chiourmes qui font avancer les détenus. Les deux-cent-cinquante-huit condamnés grimpent à bord du navire-écurie rehaussé et aménagé pour le transport des prisonniers. Ils sont poussés sans ménagement vers la batterie située avant l'entrepont. Ils sont répartis dans quatre immenses cages de fer. Les barreaux se trouvent aussi robustes que ceux des animaux des zoos. Les hommes sont délivrés de leur entrave.

Dans l'entrepont, un groupe de marins avec des sabres et des gendarmes, armes au poing, font se déshabiller tous les prisonniers sur ordre du commandant du navire pour une fouille générale. Un vent glacial s'engouffre dans les sabords. Ceux qui protestent sont roués de coups et dévêtus de force. Les corps décharnés grelottent. Les mains tremblantes cachent mal le peu d'intimité qui leur reste. Les gendarmes vident les sacs sans retenue. Ils jettent directement les livres à la mer. Les lettres et les photographies de ces hommes devenus matricules rejoignent également les eaux froides de la rade. Des militaires zélés raillent les bagnards en lisant à haute voix des passages des courriers puis ils les lancent par-dessus bord. Les derniers souvenirs de famille flottent un moment puis disparaissent. Les humiliés ne versent plus de larmes. Lorsqu'ils ne portent plus rien que des sacs de toile vides et quelques vêtements, ils peuvent enfin se rhabiller. Ils perçoivent un hamac et sont poussés dans les cages. Les lourdes portes sont refermées. De chaque côté des geôles, une mitrailleuse est pointée vers les détenus. Deux gardiens en armes sont postés devant les grilles.

Lorsque les dernières provisions d'eau et de nourriture empruntent la passerelle, les militaires déchargent les bagages et grimpent à bord à leur tour. Charles Monjeau pose doucement un pied sur la planche. La houle la fait un peu tanguer et des vagues viennent se briser sur la coque du navire. Le capitaine saute sur le pont principal et le silence monte avec lui. Il marche devant les hommes d'équipage qui n'osent pas regarder son visage et baisse les yeux. Les plus effrayés s'écartent légèrement. Deux autres paniquent et se signent à la hâte. Même les gendarmes qui encadrent les prisonniers et qui se révèlent si prompts à crier ou à hurler ne disent mot. Ils se redressent et, les armes aux pieds, dévisagent le capitaine d'un œil inquiet et craintif. Charles s'avance et fait mine de ne pas s'en apercevoir. Il essaie de sourire, mais au fond de lui il enrage. Il n'arrive pas s'habituer à ces réactions de panique qui accompagnent toutes ses sorties publiques. Il bombe le torse et pose la main sur la poignée de son sabre.

Il respire à fond puis s'approche du pont principal ou l'attend le capitaine du navire. L'homme recule de deux pas avant de venir saluer Charles Monjeau. Il est gêné et n'ose pas contempler le jeune militaire dans les yeux. Son regard fuit. Ils échangent rapidement un salut et quelques mots puis un marin est désigné pour guider Charles vers sa cabine. L'homme ôte son bonnet de laine et avance vers lui la tête légèrement baissée. Il fait un signe de la main pour inviter Charles à le suivre. Le capitaine lui emboîte le pas. Il est talonné par son aide de camp avec la malle. Dès qu'ils disparaissent dans l'entrepont, l'activité reprend son cours et les discussions s'animent. Les marins ne parlent que du visage repoussant du jeune capitaine Monjeau.

C'est la toute première fois que Charles embarque sur un bâtiment de la marine aussi grand. La chambre paraît petite, mais elle est chaleureuse. Les boiseries sentent bon la cire. Un minuscule hublot donne un peu de lumière. Le lit étroit est bordé par une planche de bois. En face, un bureau réduit et un meuble de toilette surmonté d'un miroir. Le jeune soldat qui accompagne Charles Monjeau, pose la malle sous la fenêtre et se retire dans le quartier réservé à la troupe. Le capitaine ne prend pas le temps de défaire ses bagages. Il remonte sur le tillac pour regarder le port et la terre qu'il va bientôt quitter.

Les hommes d'équipage s'activent à préparer le navire pour le grand départ. Ils s'écartent et se taisent au passage du militaire. Le lever de l'ancre est prévu au petit matin. Charles déambule sur le pont, mais il ne sait pas trop où se mettre pour ne pas gêner les manœuvres. Le second vient à son secours et le conduit près du poste de commandement. Il reste silencieux en imaginant les quelques semaines qu'il devra passer dans ce milieu qu'il ne connaît pas, mais dans sa tête resurgissent sans cesse les mots de son père. Ces mots se télescopent et le rongent. Il ne peut pas refuser un ordre de ses supérieurs et il ne veut pas faire le désespoir son père. Il se répète qu'il n'a jamais reçu l'ordre de demeurer en France. Il ne veut pas non plus de ce mariage de convenance. Les mains dans le dos, il fait les cent pas.

Le son strident d'un clairon suivi de l'agitation d'une cloche le ramène brutalement à la réalité. Sur le pont, les marins et les militaires se rassemblent et se mettent au garde-à-vous. Le capitaine du navire passe en revue l'équipage et les gendarmes chargés des prisonniers. Il donne ses directives avant de retrouver le capitaine Monjeau sur la plateforme. L'homme, la cinquantaine, semble petit et trapu. Un ventre rond tend le pantalon de son uniforme et le dernier bouton de sa veste menace de sauter. Il porte une barbe presque blanche qui lui mange tout le bas de la figure. Elle est surmontée d'une large moustache. Sa bouche se distingue à peine. Il a le regard fier et l'œil sévère. Maintenant que la surprise du visage ingrat est passée, il s'avance d'un air décidé vers Charles Monjeau.

— Capitaine Monjeau, je vous laisse passer en revue vos hommes. Sont-ils bien installés ? Et vous, capitaine ? Comment trouvez-vous vos quartiers ?
— Bien. Merci capitaine.
— Nous appareillons à l'aube. Nous allons jeter cette vermine loin d'ici ! La France ne veut plus

de ces hommes. Des monstres et des bêtes ! Versailles les a condamnés et je suis le messager ! Au fait, capitaine, avez-vous le pied marin ?
— J'ai pris de petits bateaux, mais jamais un navire comme le vôtre.
— Bien. Si besoin, le médecin du bord vous donnera de quoi vous sentir mieux.
— Merci capitaine.
— Monjeau, Monjeau. Votre nom ne m'est pas inconnu. Êtes-vous de la famille du général Henri Monjeau ?
— Oui, capitaine, c'est mon père.
— Ah ? Oui. Et vous avez choisi, vous, de partir dans ces contrées sauvages ? Vous m'étonnez.
— Contraint et forcé, je le crains.
— Ah ? Bien. Bien. Je dois encore régler quelques détails avant notre départ. Je passe à l'amirauté. Nous déjeunons à treize heures. Vous pourrez faire connaissance avec tous les officiers du bord. D'ici là, vous pouvez découvrir le navire. Mon second vous accompagnera.
— Merci capitaine.

Sous les yeux des marins encore surpris, des militaires et du capitaine Monjeau, le capitaine de frégate et son homme d'équipage empruntent la passerelle et quittent le navire. Charles Monjeau passe brièvement en revue sa troupe et entame une visite rapide du bâtiment. Il regarde de part et d'autre du bastingage. Une légère fumée noire s'échappe de la cheminée centrale et laisse un panache presque horizontal que le vent traîne jusqu'à terre. Il s'accompagne d'une odeur âcre et forte qui monte au nez du capitaine. Une belle lumière d'automne inonde le pont supérieur. Vers le port, les quais s'agitent. Après le spectacle des bagnards que l'on embarque, l'effervescence habituelle du dock reprend ses droits. Vers le large, le vent fait onduler la mer et scintiller les eaux.

Charles descend au niveau de la batterie et découvre les cages de fer dans lesquelles les condamnés ont été jetés. Il s'approche près des grilles. Les gardiens ne sont pas surpris en apercevant le visage du capitaine Monjeau. Ils ont été prévenus par les matelots. Les gendarmes, cannes et fouets en main, restent prêts à intervenir contre les prisonniers. Deux militaires sont postés derrière les mitrailleuses qui encadrent les cages. Le capitaine s'avance. Il est horrifié. Dans la pénombre, il ne distingue que le blanc des yeux des hommes enfermés. Une peur hagarde et tremblante que le capitaine reçoit en pleine figure. Il sent des sueurs froides naître dans son cou et glisser dans son dos. Il desserre un peu le bouton du col de son uniforme. Il marche sur les papiers et les photos que les gendarmes n'ont pas encore jetés par-dessus bord. Il s'accroupit et ramasse le portrait d'une famille.

Charles est attendri par ce qu'il voit. Une tenture épaisse et aux motifs orientaux descend du haut du cadre et coule vers le bas. Au milieu, sur la tapisserie, une femme très belle est assise sur une chaise. Elle pose un regard lumineux et contemple l'enfant qu'elle tient dans ses bras. À côté d'elle se tient un homme en costume. Il a la main posée sur l'épaule de sa bien-aimée et le menton légèrement relevé. Ses yeux fixent le photographe. Charles se relève. Il fulmine et se plante devant un sergent.

— De quel droit avez-vous arraché ces documents aux détenus ? Tous les souvenirs et le peu qu'il reste à ces hommes ! Comment avez-vous pu ?
— Capitaine, ce sont les ordres du commandant du navire.
— Ah, oui ! Bien. Je vais lui en parler. Veuillez traiter ces prisonniers comme des hommes et pas comme des bêtes.
— Capitaine, il ne le mérite pas. Ce sont tous des assassins. La lie de la société. Des tueurs d'enfants et des massacreurs de curés. Des...
— Taisez-vous ! Mais taisez-vous donc ! Connaissez-vous les motifs de leur condamnation ? Non ! Ces malheureux ont été jugés et condamnés au bagne. Mais ce sont des hommes. Des hommes !
— Oui, capitaine. Bien capitaine.

Le sergent, une brute de près d'une toise, serré dans son uniforme trop petit, s'écarte légèrement en haussant les épaules dès que le capitaine lui tourne le dos. Il désigne deux gendarmes pour rassembler et nettoyer le sol. Les prisonniers silencieux assistent, impuissants, à la destruction et au pillage de leurs ultimes souvenirs. Ils appartiennent maintenant et pour longtemps à la « pénitentiaire ».

Charles Monjeau retrouve le pont et inspire un grand bol d'air frais. Il s'approche du bastingage et attrape d'une main un cordage. Il regarde vers le large. Le vent a forci et lui fouette le visage. Il reste un long moment en pensant à tous ces pauvres bougres entassés sous ses pieds puis il continue la tournée du bâtiment. Il veut tout voir. Des cuisines aux cales et de l'infirmerie à l'armurerie. Sa visite s'accompagne de la rumeur des hommes d'équipage qui parlent à voix basse dès qu'il tourne les talons. Il préfère tout ignorer. Il connaît ça depuis sa plus tendre enfance. Une cloche sonne. Il retrouve le médecin du bord avant de descendre dans la salle à manger où le repas doit être servi aux officiers. Le capitaine Monjeau entre dans la vaste pièce tapissée de bois et décorée sobrement avec des tableaux de navires. Une vaisselle étincelante est disposée sur une belle nappe blanche qui recouvre la table. Entre deux grands bougeoirs alternent des carafes d'eau et de vin. Deux marins en livrées blanches se tiennent au fond de la pièce en attendant que les hommes s'installent. Le capitaine du navire s'avance au bout de la large table. Il actionne une clochette et prend le verre que lui tend un jeune serveur portant un plateau d'argent. Il se racle la gorge et caresse sa barbe avec sa main libre.

— Messieurs. Votre attention, je vous prie. Nous partageons ce jour le premier repas du voyage qui nous mènera aux confins du monde. L'amirauté vient de me confirmer notre mission. Nous partons demain à l'aube. Nous traverserons la Méditerranée. Notre première escale sera Port-Saïd. Par le canal de Suez, nous gagnerons la mer Rouge. Ensuite la mer de Timor par le passage Wetar. Ce n'est qu'après le détroit de Torrès entre l'Australie et la Nouvelle-Guinée que nous arriverons en Nouvelle-

Calédonie. Plus de dix-mille marins messieurs ! Je suis fier d'accueillir à bord le capitaine Monjeau et ses hommes. Notre voyage sera des plus sûr. Je ne veux pas de problème avec notre « *marchandise* ». À la vôtre !

Charles empoigne un verre et le lève devant lui comme tous les convives. Il aimerait prendre la parole et parler au commandant du traitement des prisonniers, mais les mots restent dans son gosier. Il se tord la bouche et mordille sa lèvre avant d'avaler une gorgée de champagne. Le repas est copieux et animé. Les discussions portent exclusivement sur le voyage et l'itinéraire annoncé par le capitaine. Le médecin et le second sont novices. Tout comme Charles Monjeau. Le café, les digestifs et les cigares sont dégustés à l'extérieur sur la plateforme arrière. Le vent s'est assagi et balaie le pont d'un souffle léger. Un soleil presque orangé réchauffe la rade et éclaire ce jour d'automne.

Sous le pont supérieur, les condamnés essaient de trouver une place. Ils parlent peu. Ils pensent à la traversée. Ils pensent à leur famille même si les lettres et les photos qu'ils emportaient avec eux sont maintenant au fond du port. Pendant que les officiers festoient, quelques détenus sont désignés par les gardiens pour récupérer au travers de guichet la nourriture contenue dans des baquets de bois cerclés de fer. Ils sont chargés de servir et d'apporter aux autres une soupe claire de légumes secs et un morceau de pain.

Charles, une tasse à café entre les doigts s'approche du capitaine du navire. Il prend une grande respiration.

— Capitaine. Avant le déjeuner, j'ai été témoin de la manière assez brutale avec laquelle sont traités les prisonniers. Tous leurs effets personnels leur ont été arrachés et...
— eh bien Monjeau. On joue les sensibles. On a de la pitié pour cette vermine. Ce ne sont plus des hommes. Ce sont maintenant des matricules. La France n'en veut plus. Ils sont devenus des sous-hommes. Un ramassis de vauriens que nous conduisons le plus loin possible de la terre patrie. Si ça ne tenait qu'à moi, je balancerais ce chargement au large et le gouvernement ferait de substantielles économies.
— Mais... mais capitaine. Ce sont des hommes. Des êtres humains. Ils croyaient à un idéal différent.
— Ah ? Oui. Vous parlez de ces idéalistes parisiens. L'« *égalité* »... l'éducation. Balivernes ! L'ordre établi et c'est tout. Et vous, capitaine Monjeau ? Vous croyez en quoi ? Vous devriez ranger votre sensiblerie pour votre promise et penser à votre carrière. Prenez exemple sur votre père. Un grand homme et un grand soldat !
— Mais... mais vous ne trouvez pas que c'est cruel et injuste ? Ces hommes ont déjà été condamnés. Pourquoi leur faire subir en plus un traitement inhumain et humiliant ?

— Monjeau ! Je vous l'ai dit et je vous le répète. Ce ne sont plus que des matricules et ils m'appartiennent. Je pensais que votre marque sur le visage vous servirait. Je pensais que votre... laideur... ferait de vous un être de colère. Souvenez-vous-en. Allez ! Maintenant, buvez une gorgée de cette délicieuse eau-de-vie et profitez du voyage.

Charles plisse le front et avale sans entrain une gorgée. Le liquide a une saveur amère. Il prend congé et regagne sa cabine. Il défait sa ceinture et pose son sabre sur la table. Il retire ses bottes de cuir et déboutonne sa veste d'uniforme. Il s'allonge sur la couchette. Il attrape un livre de Jules Verne relié de peau et commence un nouveau chapitre de « *De la Terre à la Lune* ». Il perçoit le clapotis de l'eau qui se cogne à la coque du navire. Il peine à fixer son attention et relit plusieurs fois les mêmes paragraphes. Après trois pages, il s'assoupit.

Les Ombres de l'Abbaye

Ismérie replace le châle de laine sur ses épaules et couvre son cou. Un courant d'air glacial profite du moindre espace pour pénétrer dans le fourgon. La route se montre cahoteuse et à chaque soubresaut de la cabine, l'étole glisse et dénude la nuque blanche de la jeune femme. Elle frissonne. Les prisonnières se collent les unes aux autres pour lutter contre le froid. Chacune de leurs respirations dégage dans cet espace réduit une fumée brève et diaphane. Elles sont vingt assises dans cette boîte de tôle. Trois d'entre elles ont les yeux creusés et le teint pâle. Elles toussent jusqu'à l'épuisement.

Les prisonnières ont été transférées de la prison des Chantiers de Versailles vers Paris puis elles ont été jetées dans le wagon d'un train en partance pour Chaumont. À bord, un sol recouvert de paille et un seul seau d'aisance. Les gardiens ont pris la peine de bander les yeux d'Ismérie. Pendant le trajet vers Paris, Ismérie ôte son cache et essaie d'apercevoir la silhouette rassurante de sa ville, mais les parois du chariot sont seulement percées de deux minuscules ouvertures traversées par des barreaux. Toutes les prisonnières tentent à tour de rôle de s'accrocher aux grilles pour se hisser et escompter observer un fragment de la cité qui a fait naître l'espoir, mais également celle par qui la condamnation est arrivée. Ismérie voudrait tant voir sa mère. Elle n'a pas de nouvelles depuis son arrestation malgré les lettres envoyées depuis la geôle. Elle pense à Léo. Elle se console un peu en l'imaginant au chevet de sa mère.

Dans un coin discret de la gare, un peloton de gendarmes encadre les détenues et les accompagne jusqu'au train. Les femmes sont moquées et molestées avant d'être poussées dans ce wagon à bestiaux. Une cage immense faite de fer et de bois. Les malheureuses sont en haillons. Depuis leur arrestation et la sentence du tribunal militaire, elles n'ont reçu ni soin ni vêtement. Certaines sont malades. Les plus robustes tentent de faire face. La porte est solidement verrouillée et les gardiens grimpent à leur tour dans un wagon de voyageurs. Un coup de sifflet donne l'ordre du départ. Le convoi s'ébranle. Ismérie reste debout et se tient aux chevrons pour éviter de chuter lors des à-coups du train. Il passe devant la gare. Ismérie regarde les quais s'éloigner. Elle ne sait pas quand elle reverra Paris.

Au fond du wagon, une femme d'une trentaine d'années, allongée, se recroqueville sur elle-même. La fièvre ne la quitte plus depuis des jours. Elle tremble. Ismérie s'assoit à côté d'elle et lui prend délicatement la tête qu'elle pose sur sa cuisse. Elle lui parle doucement en lui caressant les cheveux. La jeune femme ferme les yeux et se laisse bercer par les mouvements du train. Elle murmure « *Moi qui ne crains pas les peines cruelles, Je ne vivrai point sans souffrir un jour...* » puis elle laisse s'échapper son dernier souffle.

L'arrivée à la gare de Chaumont demeure discrète. Un gendarme ôte le verrou du wagon et fait glisser la lourde porte sur le côté. Les passagers sont invités brutalement à descendre. Un courant d'air glacial se jette sur les condamnées aux yeux effarés. Elles ne bougent pas et restent toutes accroupies et recroquevillées sur elle-même. Ismérie n'arrive pas à lâcher la main de la morte. Son visage semble presque apaisé. Un brouillard épais et givrant balaie la gare déserte. Un attelage tirant un fourgon cellulaire attend un peu plus loin. Il se distingue à peine. Comme une ombre inquiétante. Les sabots impatients des chevaux, menés par un cocher en uniforme, frappent le sol. L'aurige ressemble à un spectre. Les prisonnières ne discernent que ses contours sinistres. Ismérie soulève doucement la tête et regarde vers lui. Un frisson lui parcourt tout le corps quand elle imagine Charon, le passeur d'âmes, prêt à conduire toutes ces femmes vers les Enfers.

Deux gardiens armés se hissent à bord et hurlent l'ordre de descendre en donnant quelques coups de crosse au passage. Ismérie repose lentement la main de la jeune femme sur son corps puis elle se lève. D'un geste délicat, elle libère de son visage quelques mèches de cheveux. Elle relève un peu la tête et son visage dégage alors une belle lumière chaude. Les gendarmes restent sans voix devant elle. Elle descend la première. Dès qu'elle pose les pieds sur le sol, le chef de la brigade s'avance vers elle et veut lui bander les yeux. Ismérie se recule et regarde le militaire dans les yeux.

— Gendarme ! Qu'allez-vous faire du corps de cette pauvre enfant qui git sur le sol immonde et crasseux de ce wagon ?
— Mais... mais c'est que... Je ne sais pas. J'ai juste l'ordre de vous conduire à l'abbaye d'Auberive.
— Eh bien, c'est parfait. Occupez-vous de mettre son corps dans un linge. Nous l'emmenons avec nous. Elle ne va pas rester seule dans ce

wagon pour bêtes et dans cette gare abandonnée de tous. Elle aura au moins un enterrement digne. Hâtez-vous ! Et trouvez-nous du pain et des couvertures.
— Heu... Oui. Bien. Bien.

Ismérie, tiraillée par la soif et la faim, ne montre rien et reste fière. Elle s'avance vers le chariot fantôme qui l'attend plus loin. Les autres prisonnières lui emboîtent le pas. Dans le brouillard silencieux, la procession des femmes en haillons suit la lumière et s'approche en rang serré. Les gendarmes encadrent le cortège sans pouvoir dire un mot. À l'arrière du fourgon, Ismérie aide les prisonnières à grimper dans la cabine. Elle y monte la dernière et trouve une place sur un banc étroit et inconfortable.

Avant de disposer le corps enveloppé dans l'allée centrale de la voiture, le chef des gendarmes vient lui-même distribuer des couvertures de laine, de l'eau et du pain aux prisonnières. Il referme et verrouille la porte sans pouvoir détacher son regard d'Ismérie. C'est un gendarme qui arrive à l'arracher à son envoûtement. Il se ressaisit et saute sur son cheval. Il s'avance à l'avant du convoi et donne le signal du départ. Dans le fourgon, les femmes se réchauffent un peu et calment la faim en mastiquant longuement de petits morceaux de pain noir et en avalant un peu d'eau. Le brouillard s'épaissit toujours. Les faubourgs de la ville puis la campagne se cachent aux yeux des communardes. Des flocons de neige dansent et tombent sur le sol gelé. Égaré dans tout ce blanc, Ismérie perd la notion du temps. « *Sommes-nous le matin ou bien le soir ?* » se demande-t-elle. La luminosité baisse encore un peu plus quand le convoi pénètre les denses forêts de chênes. Le bruit assourdissant du fer des roues du chariot s'atténue légèrement. Ismérie cale sa tête contre un montant de bois et ferme les yeux.

Les militaires escortent le cortège jusqu'aux rives de l'Aube du côté de Rouvres-sur-Aube puis ils prennent la direction d'Auberive. La vallée se découvre étroite et froide. Ismérie rehausse la couverture sur ses épaules. La neige tombe maintenant en grande quantité. Des flocons de plus en plus gros se forment. À quelques encablures de l'abbaye, le son des cloches sort Ismérie de sa torpeur. Elle essaie en vain d'apercevoir un morceau de paysage au travers des barreaux serrés de la petite trappe fixée en haut de la porte arrière. Le chariot ralentit soudain. Un cheval hennit et frappe ses sabots sur des pavés. Le fourgon fait une légère embardée avant de se stabiliser à nouveau. Ismérie manque de tomber sur le corps qui repose à ses pieds. Les femmes s'accrochent comme elles peuvent pour ne pas chuter.

Le jeune chef de la brigade échange quelques mots avec les gardes qui stationnent devant l'imposante grille. Elle s'écarte en libérant dans l'air glacial un grincement sinistre. Le chariot s'avance doucement, roule encore quelques mètres et s'arrête. Le même couinement se fait entendre. Il est suivi d'un claquement métallique. L'averse de neige diminue. La porte du fourgon s'ouvre et des gardiens en armes pointent leur fusil vers les prisonnières. Deux individus se faufilent entre les militaires et sortent sans ménagement le corps sans vie. Il heurte violemment les deux marches qui permettent de monter dans la voiture. Sous le regard horrifié des condamnées, les hommes tirent le cadavre de leur sœur dans l'allée. Ismérie, en colère, bondit hors du fourgon. Au moment où elle s'apprête à parler, un gardien passe rapidement derrière elle. Il lui attache les mains dans le dos et lui bande les yeux. Deux militaires avec l'arme en bandoulière la saisissent par les bras. Ismérie sent sur sa joue le petit picotement glacé des derniers flocons. Elle ouvre la bouche. Pour capter avec sa langue un peu de neige. Elle s'agite et se tortille pour tenter de se libérer de l'emprise des gardiens.

— Que faites-vous ? Pauvres imbéciles ! Un peu de respect pour cet enfant ! Elle ne méritait pas ça. Vous l'avez tuée ! Oui. C'est vous qui l'avez tuée. Où l'emmenez-vous ?

Un troisième gardien s'approche par-derrière et assène un violent coup de crosse à l'arrière de la tête d'Ismérie. Assommée, elle est traînée à son tour par les deux militaires. Ses pieds laissent dans la neige fraîche deux belles traces parallèles parsemées de gouttelettes de sang.

Ismérie, engourdie par le froid, tente d'ouvrir les yeux malgré un mal de tête intense. La douleur lui enveloppe tout l'arrière du crâne et reflue jusque dans son cou. Elle touche avec sa main le bandage de fortune qui lui enserre la tête. Sous le tissu, elle sent des mèches de cheveux collées par le sang séché. Elle se souvient seulement de sa descente du fourgon et de la neige qui tombait. Elle se relève doucement en appuyant ses mains sur ses tempes. Elle fait glisser ses jambes hors du lit de bois et redresse le buste. Elle a l'impression que son crâne va exploser. Elle presse encore plus fort avec ses doigts serrés. Elle pose ses pieds sur le sol froid tapissé d'un petit dallage de pierres claires. Elle ne sait pas combien de temps elle est restée inconsciente. Elle découvre sa prison. La cellule voûtée au crépi blanchi possède une fenêtre basse aux larges barreaux et fermée par deux ouvrant de bois. Elle est située face à la lourde porte de fer qui clôt la geôle. L'endroit est assez lumineux, mais il est humide et l'air glacial réussit à s'infiltrer sous le bois de la traverse inférieure du chambranle. En dehors du lit, un seau d'aisance est posé dans un coin.

Ismérie reprend peu à peu ses esprits. Elle parvient à se lever. Elle ajuste la couverture sur ses épaules puis elle effectue quelques pas jusqu'à la fenêtre. Le givre et la neige collée sur les vitres ne lui permettent pas d'apercevoir sa nouvelle demeure. Le bruit sec d'une trappe que l'on ouvre la fait sursauter. Elle se retourne avec peine. Ses jambes tremblent et sa tête semble comme prise dans un étau. Le verrou de la porte est tiré d'un coup sec et la porte s'ouvre en émettant un grincement qui rebondit dans le crâne d'Ismérie. Elle vacille. Sa vue se brouille. Elle est prête à s'effondrer sur le sol quand elle sent une main ferme qui lui soutient les épaules et l'accompagne jusqu'à la paillasse.

— Doucement. Doucement. Allongez-vous et restez tranquille. Vous avez une belle blessure derrière la tête.
— Je... je. Quel jour sommes-nous ? Et la jeune fille ?
— Calmez-vous. Calmez-vous. Tout va bien. Vous êtes arrivée il y a deux jours. J'ai soigné

votre tête puis on vous a amené ici. Je voulais vous garder à l'infirmerie, mais le commandant en a décidé autrement. He bien... la jeune morte. Elle a été jet... heu... enterrée le soir même de votre arrivée.

Des larmes s'échappent des grands et beaux yeux d'Ismérie. Le médecin militaire ne peut détacher son regard du visage de la jeune femme. Il est complètement hypnotisé par sa figure lumineuse. Après un long moment, il fait asseoir Ismérie et défait le pansement de sa tête. Hors du regard de la prisonnière, il retrouve la parole.

— Laissez-moi regarder votre plaie. Ne bougez pas, je vais refaire le bandage. Vous avez un bel hématome, mais la blessure ne saigne plus.
— Où suis-je ? Où sont les autres détenues ? Vous avez un remède contre ces affreux maux de tête qui m'assaillent. Ma tête va exploser.
— Calmez-vous. Vous êtes dans une des cellules d'isolement au sous-sol de l'abbaye. Les autres prisonnières sont dans les dortoirs au premier étage. Je suis chargé de vous donner les quelques règles de l'établissement.
— Ça ne peut pas être pire. Mais je vous écoute.
— Nous sommes en hiver. Le levé est à six heures. Vous avez droit à deux repas par jour. Le premier est à neuf heures et le second est à seize heures. Un peu de viande le dimanche. Vous...
— Le traitement est royal. Oui ?
— Heu... vous avez la messe et le travail. J'ai vu dans votre dossier que vous étiez couturière.

Ici, justement, on fabrique des vêtements pour... l'armée.
— « *On* » dites-vous ? Vous voulez sans doute dire « *nous* ».
— Heu... c'est que... enfin oui. C'est ça.
— Un palace en quelque sorte.
— Vous avez également une cour de promenade.
— Merveilleux endroit.
— ... j'allais oublier...
— Oui. Et quoi donc ?
— Le silence.
— Pardon ?
— Le silence. Les détenues doivent « *prier, travailler et vivre dans le silence* » pour racheter leurs fautes comme le répète le commandant de la prison.
— Un homme délicieux. Puis-je m'inviter à sa table ?
— Ne... ne plaisantez pas. Il est ici contre son gré et exècre les communardes.
— Quelle chance !
— Je dois y aller maintenant. Les gardes m'observent. J'ai trop parlé avec vous. Je reviendrais vous voir demain.
— Savez-vous combien de temps encore je dois moisir ici ?
— Heu... non. Si vous restez tranquille, cela ne devrait pas durer longtemps.
— Docteur ? Et pour ma tête ?
— Ah ! Oui. Avalez ceci et reposez-vous.

Le médecin récupère sa trousse de cuir et passe la lourde porte de fer qui se referme avec le même grincement sinistre et strident. Le verrou et la trappe claquent successivement. Ismérie s'allonge sur le lit. Elle regarde la voûte d'un blanc sali et couvert par endroit de salpêtre. Elle tourne la tête sur le côté face au mur. Elle remonte sur elle la couverture rêche et se recroqueville. Elle ferme les yeux pour soulager les maux qui transpercent sa tête. Dehors, un vent froid et violent jette contre la vitre des morceaux de neige gelée.

Ismérie reste quinze jours dans cette cellule d'isolement froide et humide. La neige s'est accumulée sur le bas de la fenêtre et dessine une vague qui tamise un peu la lumière du jour. Les cloches de la chapelle rythment ses journées interminables. Elle ne voit personne en dehors du médecin qui est passé deux fois pour panser sa plaie à la tête et le gardien qui lui dépose son unique repas. Lui ne dit pas un mot. Dans ses conditions épouvantables, le jeune médecin reste sans voix devant la beauté naturelle et la lumière que dégage Ismérie. Il balbutie quelques mots face à elle et retrouve ses mots quand il se place derrière elle pour lui ausculter la base de la tête. Ismérie profite de ce moment pour parler et échanger avec cet inconnu afin de briser son isolement. Ils parlent à mots couverts pour éviter que les gardiens ne s'empressent de tout raconter à leur supérieur et que ça finisse par tomber dans l'oreille de l'effroyable commandant. L'homme, jeune, d'une stature imposante, n'accepte pas du tout d'avoir été envoyé ici. Jugé trop violent par ses supérieurs, l'état-major lui confie cette prison de femmes. Lors de la semaine sanglante, il a participé à de nombreuses exactions faisant des dizaines de victimes ; enfants, hommes et femmes sans distinction. Certaines qualifiées même de « *boucherie* » par ses chefs. Depuis qu'il sévit ici, il fulmine et s'énerve contre tout le monde. Il hurle et ses joues roses deviennent cramoisies. Même sa moustache tremble de peur.

Après ces jours de réclusion, Ismérie affiche des joues creusées. Elle a beaucoup maigri et tient à peine sur ses jambes. La clarté l'aveugle. Elle est escortée par deux gardes jusqu'au dortoir. Il est vide. Les autres détenues travaillent à l'atelier. Ismérie n'arrive pas à compter le nombre de lits en batterie disposés tout le long de l'étage. De hautes fenêtres à barreaux distribuent des rais de lumière formant un chemin embrasé au centre. Tout est soigneusement rangé. Elle emboîte le pas au gardien qui la conduit à sa couchette. Une tenue complète est pliée au pied de la couche. Le surveillant resté à la porte lui intime l'ordre de se changer. Il fait froid et les doigts d'Ismérie sont engourdis. Elle ne bouge pas. Elle ne peut pas. Elle sent sur elle les yeux insistants et vicieux des deux hommes. C'est alors qu'elle relève fièrement la tête, dégage les cheveux noirs de son visage et attrape le regard des militaires. Elle leur demande d'une voix très douce de se tourner. Sans rien dire, ils s'exécutent. Ismérie défait ses chaussures puis ôte ses haillons. Sa robe est en lambeau. Son jupon et sa culotte sont complètement déchirés. Nue au beau milieu de cet immense dortoir, elle tremble. Les mauvais traitements et les privations ont abîmé son beau corps à la peau laiteuse le laissant décharné et meurtri. Elle se hâte comme elle peut pour enfiler sa nouvelle tenue de prisonnière. Les manches de sa robe s'avèrent un peu trop longues. Elle les retourne délicatement. Pour la première fois depuis longtemps, elle se sent bien. Elle regroupe ses cheveux et les attache ensemble ; très serrés ; puis elle pose sur sa tête la coiffe blanche réglementaire. L'un des gardiens, devant le magnétisme dégagé par la détenue, baisse la tête et tend vers elle un gilet de laine. Ismérie l'enfile. Une douce chaleur l'envahit. Elle s'assoit sur son lit pour mettre ses souliers. Elle ramasse ses vieux habits et reprend sa place entre les deux hommes.

Ismérie découvre l'abbaye et sa nouvelle prison. Elle descend un large escalier de pierre et entre dans le réfectoire. Trois longues tables courent dans l'immense salle. Tout au bout, une haute et vaste cheminée dont le conduit grimpe jusqu'au plafond. Dans une pièce attenante, Ismérie peut déposer ses oripeaux. Ils passent dans le grand hall. L'un des gardes pousse la porte et se faufile à l'extérieur. La prisonnière le suit et prend de plein fouet une bouffée d'air glacial. La lumière aveuglante du soleil se reflétant sur la neige durcie la contraint à plisser les yeux. Il lui faut plusieurs minutes pour s'habituer à cette clarté. Des larmes s'échappent et coulent sur ses joues.

Le trio longe le bâtiment principal puis traverse une large cour. Les arbres nus déploient leurs rameaux vers le ciel blanc. Sur le côté, à travers un passage dans le haut mur d'enceinte, Ismérie entrevoit furtivement des tombes et des croix puis, un peu plus à l'écart, un tas de neige surmonté d'une simple planche de bois. Ismérie pense à la jeune femme morte dans ses bras. Plus loin, un chemin tracé dans la neige par les pas des détenues fait le tour des arbres. Ismérie est conduite vers un édifice de l'autre côté de la cour. Deux nouveaux gardiens tapent des pieds et se réchauffent près de la porte d'entrée. L'un d'eux ouvre la porte de la bâtisse à l'arrivée d'Ismérie et de ses deux geôliers. La prisonnière ajuste son gilet et monte les quelques marches. Quand elle passe le seuil, tous les regards se tournent vers elle. Elle s'avance. Elle reconnaît les visages de ses compagnons de route. Il fait chaud. Un silence pesant couvre l'atelier.

L'endroit sent le tissu, le fil et le cuir. Lorsque la porte se referme, le travail reprend. Autour de grandes et hautes tables, les prisonnières s'affairent à découper, à assembler et à coudre des vêtements. Ismérie identifie tout de suite les odeurs familières de son atelier de couture parisien. La cheffe d'atelier fonce directement vers elle avec un air sévère. Elle lui montre son poste de travail et lui explique d'une voix forte, mais précise quelle sera sa tâche dans la confection des uniformes. Ismérie est presque soulagée de retrouver un minuscule bout de sa vie d'avant.

Elle aime entendre le doux bruit des ciseaux sur les pièces de tissu. Un son métallique, sec et craquant. Pour la première fois depuis longtemps, elle s'imagine dans son atelier. Elle est occupée à confectionner le vêtement unique commandé par la femme d'un notable du quartier du Marais. Mais déjà les souvenirs de la rue Titon remontent à la surface. Elle imagine le pire pour sa mère restée seule dans l'appartement. Ses mains tremblent quand elle s'approche de l'établi. Elle caresse délicatement l'étoffe posée devant elle. Les yeux rougis et dans un geste maladroit, elle se pique le doigt avec une aiguille. Elle sursaute. Autour d'elle le travail a repris.

Un Refuge dans la Tourmente

Léo remonte la rue du faubourg en direction de la place de la Bastille. Il est inquiet et se retourne sans cesse. Il sursaute au moindre bruit et surveille tous les passants. Il marche vite. Il craint de croiser une patrouille de gendarmes. Il redoute par-dessus tous les agents en civil qui sont partout depuis que les délations vont bon train et encombrent le bureau du préfet de police. Le gouvernement met tout en œuvre pour effacer au plus vite les traces des combats de la Commune. Le grand nettoyage a commencé. L'oubli aussi. Léo cache son visage sous une casquette un peu large récupérée dans les ruines d'un hôtel particulier. Il traîne un pantalon tellement usé qu'il est presque entièrement couvert de pièces de tissus. Les boutons sont manquants. Une paire de bretelles élimée et un bout de ficelle retiennent le grimpant. Dessous, le garçon porte une chemise de lin beige trop ample qui masque sa minceur.

Pour quelques sous par transport, il fait le livreur. Il complète souvent ses maigres revenus en acceptant un travail harassant de manutentionnaire dans une fabrique au directeur peu scrupuleux. Il subsiste dans un Paris affamé. Il ne dépense rien. Tout juste de quoi ne pas mourir de faim. Il a fait une promesse à Ismérie. Il a retrouvé Marie et depuis il l'aide comme il peut. Dans le minuscule appartement de la rue Titon, ils partagent un peu de rien et beaucoup d'inquiétude. Pendant son rare temps libre, Léo, essaie d'obtenir des nouvelles d'Ismérie. Il connaît énormément de monde, mais il se méfie et pour le moment impossible de savoir où est la jeune femme. Marie a perdu sa fille, mais elle a trouvé un gamin des barricades. Elle ne le lui dit jamais, mais elle est rassurée de l'avoir auprès d'elle. Ils commencent à peine à s'apprivoiser.

Marie se souvient du jour où elle a découvert Léo dans son appartement. C'était un soir de mai, mais elle ne se rappelle pas depuis combien de semaines son Ismérie avait disparu. Marie dormait mal. Elle pensait sans arrêt à sa fille et aux pires choses qui auraient pu lui arriver. Elle bougeait sans cesse sans parvenir à trouver la bonne position pour se laisser glisser vers le sommeil. Elle avait cherché Ismérie dans tous les coins du faubourg et bien au-delà. Partout où Ismérie serait allée. Elle avait fini par se rendre au quartier général des versaillais près de l'hôpital Saint-Antoine. Elle fut insultée, refoulée à coup de crosse de fusil et traînée sur le sol jusque derrière les grilles. Elle ne pourra jamais oublier.

Cette nuit-là, une fenêtre était restée ouverte et les volets à l'espagnolette laissaient passer un filet d'air frais. Marie n'arrivait plus à dormir. L'obscurité s'estompait peu à peu et dessinait le mobilier dans la pénombre. Elle s'était levée pour aller jusqu'au meuble de toilette. Elle avait versé un peu d'eau dans la vasque de porcelaine. Elle y avait plongé ses mains pour s'asperger le visage. C'est à ce moment-là qu'elle entendit un bruit dans l'autre pièce. Un léger craquement d'une des lattes du parquet. Son cœur s'était mis à battre très fort. Elle pensa à sa fille qui enfin était rentrée. Elle soupira de soulagement un long moment et se précipita dans la minuscule pièce à vivre. Marie et Léo sursautèrent. Marie attrapa le bougeoir en laiton posé sur le buffet. Léo tomba à la renverse et poussa sur ses pieds pour se reculer contre la porte. Malgré l'obscurité, Marie était furieuse et regardait fixement le garçon en brandissant son arme de fortune sous le nez du visiteur.

— Que fais-tu là, gamin ?
— Je… faut pas flancher m'dame. J'suis Léo.
— Et alors ? Qu'est-ce qu'un môme comme toi fait chez moi ? Tu es un voleur.
— Pour sûr que non m'dame.
— Et comment es-tu entré ? J'avais bien fermé la porte.
— Ben… avec cet oiseau-là, je peux ouvrir n'importe quelle lourde.
— Ah ! Oui. Tu es donc bien un de ces voleurs. Tu ne trouveras rien ici gamin. Je n'ai rien. Rien du tout.
— Non, non m'dame. J'suis un féd… j'suis juste un gamin des rues.
— Et tu cambrioles les dames seules. Si ma fille était là, tu aurais passé un sale quart d'heure.
— Vot'fille m'dame ?
— Oui. Ma fille. Mais j'ignore où elle est depuis des jours.
— C'est quoi son nom, m'dame ?
— Ismérie. Ma petite Ismérie.
— Z'êtes m'dame Martin. J'suis bien tombé. J'voyais qu'dalle dans l'escalier.
— On se connaît ?
— Non m'dame. Mais j'connais vot'fille m'dame.
— Ah ? Et d'où tu la connais, mon garçon ?
— Ben. C'est que…
— Oui. Je t'écoute. Dis-moi tout.

— Vous savez. On était dans la même pige du côté du passage Saint-Maur. Les vendus nous ont balancés dans un trou à rat à coup de crosse et à coups de pied. On sait même plus combien d'temps on est resté là. Sans boire ni manger. Vous jure m'dame que ça puait. Des morts y'en avait tout autour. On marchait d'sus pour ainsi dire...
— Et... et ma fille ?
— M'dame. Elle était tellement belle. Un lignard lui a tiré d'sus, mais la balle l'a juste mordu...
— Ma fille ! Mon Ismérie. Blessée...
— Vous tourmentez pas m'dame. Elle est tellement belle. Elle est beaucoup plus forte que nous... Même les furieux ont peur d'elle. Vous jure m'dame !
— Où est-elle maintenant ? Comment t'appelles-tu ?
— Léo m'dame. J'm'appelle Léo. Après la cave, les sales pioupious et leur chef... un sale vaurien c'uilà... y nous ont sortis pour nous conduire à Versailles. J'croyais qu'le vilain y nous balancerai à la Seine comme des pauv' chats. Nous zaut' on avait la trouille dans l'ventre. Mais pas Ismérie m'dame. J'me suis fait la belle l'aut' nuit. J'ai promis m'dame. J'ai promis à vot' fille que j'vais m'occuper d'vous. J'suis un homme m'dame. Vot' fille m'dame, elle est plus forte que dix hommes et... si... éblouissante. Un soleil m'dame.
— Et où est-elle maintenant ? Le sais-tu ?
— Ben. À c'qui paraît, la prison de Chantier... à Versailles... est pleine à craquer. Les tuniques,

y z'ont construit un camp. Satory qu'ils l'ont appelé.
— Elle est là-bas ?
— Pour sûr m'dame.
— Je vais aller la chercher. Ma pauvre petite.
— Non, non, m'dame. Faut pas y pointer son tarin. Surtout pas. Ya plein de cafards. Y font la chasse aux fédés et dénoncent même leur mère.
— Mais qu'est-ce que je peux faire mon garçon ?
— Restez — là, m'dame. J'suis là et j'vais vous défendre. J'estampe le premier qui s'montre. J'suis malin m'dame. J'irai écouter les potins et j'trouverai des nouvelles. Pour sûr m'dame.
— D'accord mon garçon. Mais je suis inquiète. Je ne dors plus et je pense au pire pour ma pauvre Ismérie... Avant toute chose mon petit, tu vas te laver un peu, t'habiller avec des vêtements propres et je vais te chercher de quoi manger.
— Merci m'dame Marie.

Marie ne cache pas sa frayeur, mais elle trouve cet enfant attachant. Un gamin des rues emporté par le tourbillon de la Commune. Elle s'approche de la porte et colle son oreille sur le bois pour écouter les bruits de la cage d'escalier. Elle sursaute au moindre murmure et elle a peur de tout. Quand elle s'est assuré que l'immeuble était calme et endormi, elle ouvre la porte du garde-manger. Elle sort une assiette recouverte d'un tissu et un morceau de pain, qu'elle dépose sur la table de la pièce à vivre. Elle passe dans la chambre et revient quelques minutes plus tard avec des vêtements d'homme. Elle les pose sur le dossier d'une chaise. Léo, gêné, debout dans un coin, la regarde aller et venir. Il ne sait pas quoi faire. Marie s'approche de la fenêtre aux volets clos sous laquelle se trouve un petit meuble de toilette. Elle saisit fermement l'anse d'une cruche en zinc et verse l'eau froide dans une large vasque. Elle se baisse pour tirer de l'étagère basse une serviette propre. Elle se relève et se tourne vers Léo.

— À toi maintenant. Tu as de l'eau et un morceau de savon sur le rebord de la fenêtre. Et ôte-moi ces immondes frusques. Tu empestes à dix lieues à la ronde.

Le garçon est désemparé. Il se montre gauche et n'arrive pas à déboutonner sa vieille chemise et son pantalon. Il y a bien longtemps qu'il n'a pas pris le temps de se dévêtir. Il ne se souvient pas de la dernière fois qu'il a tenu où humer un savon. Il regarde furtivement Marie. Elle s'en aperçoit tout de suite, sourit et retourne dans la chambre en tirant la porte derrière elle.

— Je te laisse faire... Léo. Et n'oublie pas de frotter derrière les oreilles. D'accord ?
— Heu... oui m'dame Marie. J'me dépêche.
— Au contraire. Prends ton temps et applique-toi.

Marie s'approche d'un petit meuble et sort le nécessaire à couture d'Ismérie. Elle s'assoit sur le lit et pose à côté d'elle la boîte de sa fille. Elle la regarde fixement pendant de longues minutes puis attrape un chemisier. Elle ouvre le couvercle et cherche une aiguille et du fil. En attendant que Léo se débarbouille, elle pique le vêtement et remet en place deux boutons. Elle tend l'oreille pour suivre les ablutions du jeune garçon.

Léo retire ses frusques sales et usées. Sous sa tignasse noire et un épi rebelle à l'arrière de la tête, il découvre un corps d'enfant chétif et une peau albescente. Ses jambes sont maigres. Elles se prolongent par des pieds fins aux ongles crasseux. Il y a plusieurs mois qu'il ne s'est pas retrouvé nu. Il aperçoit son anatomie. Celle d'un garçon qui hésite encore à entrer dans l'adolescence. Il s'approche du meuble de toilette et plonge ses mains dans l'eau froide. Il s'asperge abondamment le visage puis il attrape le morceau de savon. Il le serre très fort pour ne pas le laisser s'échapper. Il le touche de son nez pour en capter le parfum.

Au bout d'une bonne demi-heure de bruits d'eau et de lamentation, Marie abandonne son ouvrage et s'avance vers la porte. Elle cogne deux fois.

— Léo ? Tu as fini ? Je peux entrer ?
— Ben m'dame. J'crois que oui. J'suis plus l'même et j'sens comme le linge des bords d'la Seine.
— Voyons ça jeune homme. J'entre.

Marie pousse la porte et découvre Léo dans une chemise longue et bien trop grande pour lui. Il est devant la fenêtre au milieu d'une belle flaque d'eau. Ses cheveux s'échappent de sa tête dans tous les sens. Il a la chair de poule et grelotte. Marie sourit et s'approche de lui. Elle attrape les habits de la chaise et aide Léo à les enfiler. Ils sont trop larges, mais en retroussant un peu les manches et avec le soutien des bretelles elle réussit à rendre Léo présentable. Avant qu'il ne remette ses souliers, elle l'invite à éponger l'eau et à rassembler les vêtements sales. Il passe sa main plusieurs fois sur sa tête pour essayer de se coiffer et rabattre, sans succès, son épi rebelle.

Quand ils s'assoient enfin autour de la table, le jour se lève. Un faible rayon de lumière coupe la pièce en deux. Marie tranche un beau morceau de pain et couche dessus une épaisse lamelle de lard. Léo ne se fait pas prier et mord dedans à pleine dent. Marie rallume la cuisinière à charbon. Elle pose sur le foyer, une marmite couverte. En quelques minutes une bonne odeur de soupe se répand dans la pièce. Léo dans son nouveau costume savoure un vrai repas depuis longtemps. Ils croisent leurs regards. Ils s'épient. Ils doivent encore s'apprivoiser. Marie, malgré l'absence de sa fille, semble heureuse d'accueillir sous son toit ce garçon. Celui par qui arrivent les dernières nouvelles de son Ismérie. Lui veillera sur elle. Il l'a promis.

Entre deux bouchées, Léo reprend son souffle et raconte en détail son évasion et son retour à Paris. Depuis le faîtage de la grange où il était retenu avec Ismérie, il avait réussi à gagner le pignon du bâtiment. À chaque mouvement, il s'arrêtait pour épier les allées et venues des gardes. Au moment où il atteignait la margelle, une ardoise s'était brisée sous son pied et un morceau avait glissé jusqu'à la gouttière. Léo s'était caché contre la bordure de pierre qui marquait la rive du toit. Il attendait sans bouger la réaction des sentinelles. La nuit était sombre, mais le vent léger découvrait régulièrement le ciel et il sentait sur lui un rayon de lune. Cette fois, les gardes n'entendirent même pas ce bruit venu du haut. Ils faisaient de longues pauses autour du feu, remettaient du bois puis reprenaient leur ronde. Léo appréhendait la descente depuis le toit. Il attendit que les soldats de faction passent en dessous et contournent le bâtiment puis d'un bond précis et agile il sauta le long du pignon pour agripper la structure de métal qui soutenait une poulie. Les barres de fer étaient épaisses et trop larges pour les mains de Léo dont le corps tout entier pendait dans le vide. Il ne pouvait plus attendre. Ses doigts glissaient. Il se rattrapait d'une main quand l'autre lâchait, mais il ne tiendrait pas longtemps et les gardes ne tarderaient plus à arriver. Léo n'avait pas le choix. Il fallait sauter. Il regarda en bas. Il lança ses jambes vers l'avant pour se balancer puis il se laissa tomber dans une charrette de paille. Il évita de justesse les pieux qui formaient les ridelles et atterri dans le glui. Il roula vers l'arrière et, malgré son poids plume, bascula le plateau. Le timon se leva d'un coup en tirant vers le haut deux lourdes chaînes qui se déroulèrent bruyamment. Léo avait la bouche sèche et il sentait les veines de son cou battre aussi fort que son cœur. Sans attendre, il sauta de la charrette et s'enfuit à toutes jambes vers un muret écroulé. Les gardes se précipitèrent. Deux d'entre eux pointaient leurs fusils vers la nuit et les deux autres tenaient à bout de bras des torches. Léo, caché derrière un tas de pierres et tapi dans l'herbe fraîche, regardait les soldats. Sans les quitter des yeux, il entreprit un mouvement de recul en évitant le moindre bruit. Les gardes s'avancèrent un peu plus vers le mur d'enceinte en balayant la zone avec les flambeaux. Ils attendirent encore un moment puis ils retournèrent se réchauffer près du feu.

Léo ne savait pas trop où il était. Il n'avait jamais quitté Paris auparavant. Ses yeux s'étaient habitués à l'obscurité et entre deux nuages, la lune éclairait sa route. Après avoir traversé plusieurs champs boueux, il retrouva un chemin et s'enfonça dans une forêt épaisse. Loin des immeubles et des pavés, il avait peur, mais il était libre. Il sursautait et se mettait à courir aux moindres bruits dans les fourrés. Il atteignit l'orée du bois juste avant l'aube. Paris se tenait à ses pieds. L'horizon était gris. Des incendies éclairaient encore Paris et les flammes dansaient aux quatre coins de la ville. Léo trembla au son de quelques détonations qui se firent entendre au loin. L'endroit grouillait de versaillais. Léo redoubla de vigilance. Dès les premiers villages, il évita les routes principales et traversa à couvert les premiers faubourgs. Il épongea sa soif à la fontaine d'un lavoir, mais la faim le tourmentait. Il n'avait pas mangé depuis deux jours. Pour esquiver une colonne de soldats, il plongea derrière un mur. Il resta collé contre les pierres pendant une éternité. La clôture n'était pas bien haute et il redoutait d'être vu par les militaires. Il était épuisé et il s'endormit.

À son réveil le fugitif était allongé dans le potager attenant à une modeste maison. Face à lui, un homme assis sur une brouette le fixait du regard. Il devait avoir l'âge des rides de sa figure. Il portait une barbe grise en bataille qui montait jusqu'aux tempes et se prolongeait par des mèches blanches hirsutes. Une écharpe de laine épaisse lui enveloppait le reste du visage. Léo tremblait. Acculé contre le muret, il ne pouvait pas bouger. L'individu en sabot s'approcha de lui et, sans un mot, lui tendit la main. Le corps du garçon aux yeux écarquillés se raidit. Il s'appuya un peu plus sur les pierres froides. L'homme ridé s'avança légèrement plus vers lui. Avec sa main large et calleuse, il attrapa les épaules de Léo et l'attira vers lui. Le jeune fugitif se tortilla pour échapper à l'emprise, mais sans énergie il finit par céder. Malgré les plis qui couvraient le visage du vieillard, Léo remarqua que ses yeux pâles souriaient. Il soupira et se détendit un peu. L'étau se desserra autour de lui. L'homme se retourna et marcha lentement en direction de sa maison. Léo lui emboîta le pas. L'unique pièce était sombre. Les murs étaient noirs. La lumière du jour se frayait difficilement un chemin au travers de la petite fenêtre aux carreaux salis. De faibles flammes orangées dansaient dans la cheminée et projetaient leurs ombres dans la demeure. Un lit en fer forgé, rangé dans un coin, s'affaissait en son centre. Une table, deux bancs et un confiturier occupaient le peu de place. Sous le chambranle, il y avait un évier taillé dans la pierre. Léo sentit immédiatement l'odeur de soupe qui inondait l'endroit. Un peu de vapeur s'échappait du faitout de fonte installé dans l'âtre.

    Léo s'avança près du feu et tendit ses mains vers l'intérieur de la cheminée. Son hôte toussa à plusieurs reprises et cracha sur la terre battue qui tapissait le sol. Il attrapa un torchon, souleva le couvercle de la marmite et tourna une dizaine de fois la louche de bois. Il posa le couvercle sur le bord. Il récupéra un bol sale sur la table et le remplit de soupe. Il en prit un autre dans le meuble et fit de même. Il referma la cocotte et s'assit autour de la table. D'un geste avec sa cuillère, il invita Léo à l'accompagner. Il sépara en deux un morceau de pain. Le garçon affamé s'installa devant son écuelle. Il faillit se brûler la bouche à la première cuillérée. Le vieillard sourit encore avec ses yeux. Le jeune fugitif, méfiant, ne le quittait pas du regard tout en avalant la soupe épaisse. Quand il sortit de la maison, le soleil baignait généreusement le jardin. L'individu bourru l'accompagna d'un pas lent jusqu'au portillon. Léo lui attrapa les deux mains et tenta de les presser avec force. Sous sa peau fine, il sentit la rudesse de ses doigts. Il finit par le serrer contre lui. L'homme eut un léger mouvement de recul puis il posa la paume de sa main sur la tête de Léo.

Quelques heures plus tard et après un long jeu de cache-cache avec les gendarmes et les militaires, Léo traversait la Seine. Il se perdit dans le ventre de Paris pour attendre la nuit et rejoindre la rue Titon.

Marie écoutait attentivement le récit de Léo puis elle s'approcha de lui.

— Léo. Je veux bien te garder avec moi. Tu vas m'aider, mais en retour je veux que tu apprennes à lire, à écrire et à compter. C'est d'accord ?
— Oh. Oui m'dame. Pour sûr.
— Bien.

De l'autre Côté du Monde

Depuis le départ de Toulon, Charles quitte le moins possible sa cabine. Malgré un traitement donné par le médecin du bord, il a été malade toute la première semaine du voyage. Le navire a essuyé deux tempêtes successives. L'une au sud de la Sardaigne et l'autre, quelques jours plus tard, dans le canal de Malte entre la pointe sud de la Sicile et l'île de Malte. Le capitaine Monjeau a fait quelques rares apparitions sur le pont supérieur pour respirer un peu l'air frais. Quand son corps l'acceptait, il a pris l'essentiel de ses repas dans sa cabine. Sa vie est rythmée par les cloches et les sifflets. Il préfère être seul et il n'est pas mécontent d'éviter les dîners avec le commandant du navire. Son ordonnance lui fait chaque jour un rapport précis des événements du bord. C'est depuis ses quartiers qu'un matin Charles suit à distance la sanction de trois détenus. Ils subissent d'abord le châtiment des coups de corde devant tout l'équipage puis ils sont conduits dans des cellules spéciales en fond de cale. Ils sont punis de « *la barre de justice* » et maintenus les pieds entravés au sol. Ils ne peuvent pas se lever. Ils restent complètement immobiles le temps de leur peine sans pouvoir sortir. Son aide de camp lui rapporte aussi les cas de scorbut et de dysenterie qui touchent les prisonniers. Cinq détenus en sont déjà morts et reposent désormais dans le fond de la Méditerranée.

Ce matin-là, il règne une agitation particulière sur le navire. Depuis sa cabine, et le changement de quart de l'aube au son de la cloche, Charles suit les mouvements de l'équipage. Il se lève et prend le temps de se raser. Il enfile son uniforme et monte sur le pont supérieur. Un soleil pâle et doux inonde tout le bateau. Charles, ébloui, manque de trébucher sur la dernière marche. Il se rattrape de justesse à la rampe. Il est encore fébrile. Il s'arrête et laisse un instant les rayons de lumière lui caresser le visage. La mer semble calme. Les hommes d'équipage ne prêtent pas attention au capitaine Monjeau. Ils s'activent et suivent les ordres. Charles s'approche du bastingage en évitant de gêner les manœuvres. Les fumées blanches et grises crachées par la cheminée abandonnent un long panache qui traîne dans le sillage du navire et finit par se mêler aux eaux bleutées de la mer. Les yeux du capitaine s'habituent à la luminosité. Il aperçoit une terre à quelques encablures. Il s'avance jusqu'à la plateforme avant du navire sans lâcher du regard cette ligne ocrée qui se dessine. Le capitaine du navire s'entretient avec ses lieutenants.

— Capitaine Monjeau ! On craignait de ne jamais vous revoir. Comment vous sentez-vous ?
— Bien capitaine. Merci. Port-Saïd c'est bien ça.
— Oui. C'est tout à fait ça. Nous y ferons escale aujourd'hui pour ravitailler en eau douce et en vivres. Vous pourrez vous dégourdir les jambes, mais restez sur vos gardes. C'est l'orient ici.
— Et les prisonniers ?
— Ne vous inquiétez pas. Ils seront sous bonne garde. Deux équipes de plus ; le temps de l'escale ; et interdiction aux bagnards de sortir. Capitaine Monjeau, vous pourrez m'accompagner à la capitainerie pour les formalités

administratives. Je laisse mon second gérer l'eau et les vivres. Un café ?
— Oui. Merci capitaine.

Pendant que le navire s'approche de la côte, les deux hommes regardent les premières maisons se dessiner. Ils distinguent les mâts des quelques bateaux qui mouillent déjà dans le port. Charles lève légèrement le menton pour ressentir l'air chaud qui vient de la terre. Il respire à plein poumon. Le capitaine reste un moment, finit son café et donne quelques ordres avant de retourner dans ses quartiers. Charles demeure sur le pont pendant toutes les manœuvres d'approche. Il se sent bien pour la première fois depuis des semaines. Sa tasse vide à la main, il s'abandonne au soleil qui lui plisse les yeux. Une agréable chaleur lui chauffe le visage. Quelques embarcations curieuses s'avancent vers le navire. Charles se laisse bercer un long moment avant que le bruit des chaînes de l'ancre qui glissent sur le pont puis tombent dans l'eau ne le tire de sa rêverie.

Le vaisseau mouille au large sur ordre du capitaine. Avec sa précieuse cargaison, il ne tient pas à ce que des prisonniers soient tentés de s'échapper. Il intensifie même la garde de jour comme de nuit. Les panneaux et les écoutilles ne sont ouverts que quelques heures dans la journée. Dans la cale, l'air est irrespirable. Les détenus sont interdits de sortie sur le pont jusqu'à nouvel ordre. Les mouvements de contestation de la cage numéro trois sont réprimés avec force et sans ménagement grâce au puissant jet d'eau brûlante. Deux soldats sont nécessaires pour maintenir le tuyau. La punition dure jusqu'à ce que plus aucun cri ne passe les lourds barreaux de fer. Charles tente, sans succès, de faire cesser ce traitement. Il en parle au médecin du bord qui souffle puis hausse les épaules. Rassemblant tout son courage, le capitaine Monjeau monte directement voir le commandant pour s'entretenir avec lui du sort réservé aux prisonniers. Il n'a pas même le temps de terminer son exposé que le visage du capitaine vire au cramoisi. Engoncé dans son costume d'apparat, sa barbe tremble et il se met à vociférer. Il s'agite dans tous les sens. Il finit par taper du poing sur la table à carte et renverse l'encrier. Charles Monjeau gêné et honteux regarde la progression de l'encre noire qui s'écoule sur la carte et fait disparaître l'île de Crète. Il se recule et sans un mot quitte la cabine du capitaine.

Charles Monjeau enjambe à son tour le bastingage et descend prudemment le long de la coque sur l'échelle de corde aux planches de bois. La mer est agitée et Charles n'est pas très rassuré. Il pose le pied sur le bord de la chaloupe et lâche le filin. Avec le mouvement désordonné de l'embarcation malmené par les vagues, il glisse et bascule vers l'arrière. Un matelot a juste le temps de l'attraper par une manche pour le tirer dans le canot. Le capitaine du navire est debout à l'avant. Il est toujours en colère et regarde vers le port. Derrière lui sont assis trois de ses lieutenants. Le médecin est également du voyage. Une autre embarcation est descendue pour le ravitaillement. Charles reprend ses esprits et trouve une place au milieu. Il pense soudain aux promenades d'été sur le Loiret et aux branches des saules dont les feuilles scintillaient dans le soleil couchant. Il songe à sa mère et à la colère de son père. Il regarde s'éloigner le « *Jura* » puis il se tourne vers cette côte inconnue. Aux ordres et en cadence, les marins tirent sur les avirons. La houle projette quelques embruns dans la chaloupe et sur le visage de Charles. Il plonge son regard dans cette eau agitée et bleu foncé. Le vent vient coiffer les vagues d'une belle dentelle d'écume.

Une dizaine de navires montrent fièrement leurs mâts. Sur les quais règne une intense activité. Charles se hisse avec agilité sur le dock. Au contact de la terre ferme depuis plusieurs semaines, il lui faut quelques minutes pour s'habituer et retrouver son équilibre. Il suit de près le capitaine, sa garde rapprochée et le médecin. Le débarcadère fourmille de pêcheurs, de poissonniers et de commerçants. Le petit village a laissé place à une ville moderne en pleine construction. Le long des quais poussent des maisons d'un ou deux étages au style colonial. Des coursives extérieures légères embrassent les bâtiments aux persiennes mi-closes. De nouvelles rues s'ouvrent et s'éloignent, à angle droit, de l'embarcadère. Charles ne sait plus ou poser son regard. Il est étourdi par cette foule bigarrée. Il surprend quelques œillades curieuses ou étonnées sur son visage marqué. Il s'approche de fragiles étals couverts de fruits et de légumes inconnus pour lui. La plupart des vendeurs se reculent et détournent le regard. Seule une enfant d'une dizaine d'années ose s'avancer vers lui. Elle lui prend la main et la tire vers elle. Charles se baisse et s'accroupit à sa hauteur. La jeune fille aux cheveux noirs porte une tunique beige avec de magnifiques motifs brodés. Elle sourit. Elle écarte les doigts de Charles et laisse au creux de sa paume une belle orange à la peau épaisse. Le capitaine Monjeau est surpris. Il fourre la main dans sa poche et récupère un sou. Il le lui tend. Elle regarde la pièce et dodeline la tête. Quelques mèches de ses cheveux tombent sur ses yeux marron. Elle lève lentement la main. Elle pose délicatement le bout de ses doigts sur le visage de Charles. Elle effleure sa peau et suit le contour de la tâche violine collée à sa figure. Elle ne semble pas du tout effrayée. Une fois que ses doigts ont fait le tour de l'énorme angiome, elle touche le foulard de soie qui enveloppe la gorge de Charles. Elle sourit. Il remet la pièce dans sa poche et dénoue l'étoffe de son cou. Il l'enlève complètement et la tend à l'enfant. Elle la saisie avec fébrilité. Il devine sa joie immense sous ses yeux rieurs. Le temps qu'il se relève, la fillette a disparu derrière les étals. Il ajuste son col et rattrape le médecin du bord.

En attendant que le commandant du navire récupère les autorisations de passage du canal, Charles et le médecin s'installent dans un estaminet proche de la capitainerie. Il retrouve là tous les autres membres des équipages des vaisseaux en escale. L'ambiance est décontractée, joyeuse et se parle dans toutes les langues. Des journaux passent de main en main. Charles repère les odeurs de cuirs, de tabac et d'alcool des salons parisiens. Il savoure un bon café chaud accompagné d'un cognac tout en découvrant les gros titres d'un journal français daté de plus d'un an. Le médecin est bloqué au fond d'un fauteuil de cuir usé et tire sur un énorme cigare en s'appliquant à faire des ronds de fumée. Quelques marins en permission dépensent leur argent et se noient contre le bar. D'autres sont à l'étage et se perdent avec des sirènes dans des bras chaleureux. Au creux de ces lits accueillant, ils oublient à peine les hamacs et se rapprochent un peu de chez eux.

Le capitaine du navire entre dans le café et fonce directement au comptoir. Il commande un verre de cognac qu'il avale cul sec. Il en recommande un autre et s'avance vers la table du médecin et de Charles. Il tend un pli à Charles.

— Monjeau ! Ceci est arrivé pour vous. Je sais que votre père a encore ses entrées à l'état-major, mais là il fait très fort. Je ne sais pas comment il a fait pour utiliser le télégraphe national. Le progrès et autres joyeusetés.

Le capitaine se laisse tomber dans un fauteuil de cuir. Il pose son verre sur un guéridon et croise ses mains sur son ventre rebondi ; sa barbe en forme de bavoir. Il a les yeux qui pétillent. Ceux d'un enfant attendant son cadeau.

— Alors ? Capitaine Monjeau que dit ce message ?

Charles décachète l'enveloppe et ouvre le message transcrit. Il lit à voix basse la suite de mots séparés par des tirets.

— *« Monjeau — Fils — Parti — Désobéi — Mariage — Annulation — Reniement — Déshérité — Honte — Courroux — Déception — Adieu — Oubli »...*
— Et c'est tout ! Tout ça pour ça. Je m'attendais à autre chose. Enfin. Monjeau, vous voilà libre maintenant ! Vous êtes seul. Allez ! Partons !

Charles relit à plusieurs reprises la liste de mots. Il s'en veut, mais il a pris une décision pour la première fois de sa vie. Il termine son verre, froisse le billet et le jette sur le sol. Il retrouve le capitaine et le médecin sur la coursive à l'extérieur du café. Il s'arrête quelques secondes puis rentre à nouveau dans l'établissement. Il récupère le message et il le glisse dans sa poche puis il rattrape l'équipage du « *Jura* ». Il grimpe dans le canot. Sans dire un mot, il regarde s'éloigner le quai. Le vent s'est levé. Au loin, un rideau ocre monte jusqu'au ciel et camoufle le soleil.

Tout l'équipage a regagné le navire et le plein d'eau et de vivres a été fait. Le capitaine du vaisseau donne le signal du départ. La cheminée crache une intense fumée noire. Les ancres sont relevées. Le bâtiment s'avance doucement dans le canal. Il glisse sur les eaux presque calmes. Les prisonniers sont plongés dans la pénombre. Les surveillants redoublent de vigilance sur l'ordre du capitaine. Charles reste sur le pont supérieur et regarde la tempête de sable qui vire vers l'ouest. Le soleil revient timidement. Il contemple les abords du détroit. Il repasse sans cesse dans sa tête tous les mots du message. Il porte le nom des Monjeau, mais il ne fait plus partie de la famille. Des sentiments contradictoires le submergent. Il est déçu et en colère, mais il se sent plus léger. Il saisit un cordage et se hisse sur le bastingage. Il regarde le navire découper les flots verts du canal. L'odeur de l'eau remonte jusqu'à lui. Une émanation pareille à celle qu'il humait quand il descendait le Loiret vers le moulin de Saint-Samson. Au-delà, une étendue de sable jaune s'étire à perte de vue.

À l'aube du deuxième jour, le navire sort du canal de Suez et entre dans la mer Rouge. La traversée s'est déroulée sans encombre. Au changement de quart, le capitaine fait rouvrir les écoutilles et les panneaux des cales. Les prisonniers poussent des hourras quand l'air frais transperce les cages. Le jour suivant, les déportés sont autorisés à monter sur le pont par groupe de dix et sous bonne garde. Le second les emplois au lavage du pont. Une semaine après le départ de Port-Saïd, le capitaine est inquiet. Il scrute le ciel et triture nerveusement sa barbe salie par le plat en sauce du déjeuner. Le vent s'est levé brutalement et l'horizon s'est chargé de nuages menaçants dont la couleur se mélange à celle de l'océan. Les flots remuants se fracassent contre la coque du navire. Charles n'arrive plus à lire dans sa cabine. Il enfile sa veste, longe la coursive et grimpe sur le pont. À peine sorti, il reçoit un paquet de mer en pleine figure. Il glisse sur le tillac et se rattrape, comme il le peut, à un bout. Le second vient à son aide et le conduit jusqu'au pont supérieur.

Le navire malmené par les flots craque de tous côtés. Il devient impossible à manœuvrer. Il faut deux marins pour maintenir la barre et le cap. Dans les cages, les prisonniers sont apeurés. Ils s'accrochent comme ils peuvent. Au fond de la cale, les têtes et les corps, des punis s'entrechoquent. Ils sont entravés au niveau des jambes et souffrent le martyre. Les attaches de fer mordent les chairs. La mer se forme. Elle dessine des creux de plusieurs mètres dans lesquels le bâtiment vient s'enfoncer. L'eau de mer s'infiltre partout. Elle arrache des cordages et se déverse sans discontinuer dans les cages des prisonniers. Le capitaine garde un sang-froid stupéfiant. Charles le surprend à parler aux éléments. Les ordres qu'il hurle sont presque inaudibles. Il réussit malgré la tempête à diriger le navire vers l'île de Kamaran. Le vaisseau la contourne par le sud et se réfugie sur sa côte ouest. Dès que le « *Jura* » franchit la pointe sud, la mer devient légèrement plus calme. Il suit la côte jusqu'à trouver un abri. Les ancres sont descendues. Un soulagement gagne tout l'équipage. Le pont est couvert de débris et de cordages. Maintenant, le vent souffle un air plus chaud, mais le ciel s'assombrit et une pluie tombe ; forte et serrée. Le capitaine entame l'inspection du navire et lance les réparations sans tarder malgré le roulis qui agite encore le bâtiment. Les deux prisonniers punis sont sortis de la cale. L'un d'eux n'a pas survécu. Il rejoint directement le fond de la mer Rouge. L'autre a le pied arraché. Le médecin le fait amener dans l'infirmerie pour pratiquer l'amputation de sa jambe et lui sauver la vie.

La tempête dure maintenant depuis près d'une semaine. Charles passe son temps dans sa cabine. Il y prend la plupart de ses repas comme le prisonnier avale les siens dans sa cellule. Entre la lecture de ses livres, il dort et pense sans arrêt aux derniers mots morfondus reçus de son père. Il essaie en vain d'oublier. Il se persuade que les maux de ventre qui le tiraillent chaque nuit sont directement liés à la nourriture servie sur le bateau. Il monte parfois sur le pont supérieur pour sentir l'air frais et la pluie ininterrompue. À bord, l'ambiance est morose et les altercations entre marins sont fréquentes. Les prisonniers deviennent alors des boucs émissaires. Ils ne peuvent plus quitter leur cage. L'entrepont du navire se métamorphose en un lieu où aucune règle ne s'applique. Chacun lutte pour sa propre survie. Les vengeances et les bastonnades sont courantes. Les cellules du fond de cale sont saturées. Le commandant irascible hurle sa colère dans tous les coins du vaisseau.

Au matin du huitième jour, la pluie cesse et une légère brise déchire l'épais manteau de nuages. Sans attendre, le capitaine ordonne la montée des ancres et indique la direction à suivre. Il n'y a plus de temps à perdre. Il fulmine du retard pris, mais caresse sa barbe en signe de soulagement. Il invite les officiers à partager le déjeuner dans sa cabine et débouche, pour l'occasion, une bouteille de vin du domaine familial enraciné quelque part entre Fixin et Brochon. Tout l'équipage est apaisé et les condamnés peuvent souffler. Les sorties des prisonniers sur le pont recommencent peu à peu. Après le golfe d'Aden et la mer d'Arabie, le navire arrive sans encombre à Singapour pour faire relâche. Le capitaine Monjeau souligne dans son journal de bord la fin de son troisième mois de mer. Son corps s'est habitué aux mouvements du bâtiment, mais il est heureux d'entrevoir la terre et la perspective d'y descendre quelques heures le ravit. Il reste sur la passerelle jusqu'à la mise à l'eau des chaloupes. Il est impatient de découvrir cette colonie britannique.

Charles est surpris par la multitude de petites embarcations qui encombrent le port. Les bateaux sont de toutes les tailles et de toutes les formes. Ils sont tous attachés les uns aux autres et des passerelles de fortune y sont jetées pour faciliter les accès. Il ne distingue même plus la mer, mais un patchwork multicolore de voiles et de marchandises. Les immenses navires se tiennent en retrait. Le capitaine Monjeau en compte une bonne dizaine qui arbore les drapeaux d'au moins trois nations différentes. Il aperçoit aussi deux frégates anglaises armées. Sur les docks, c'est une foule considérable qui fourmille. Les canots du « *Jura* » peinent à se frayer un passage jusqu'au quai. Des marins crient et d'autres font de grands gestes. Le capitaine reste debout pour imposer sa présence et montrer son grade. Finalement et au bout d'une bonne heure, les embarcations se glissent vers le port. Charles est émerveillé comme un enfant et ne sait plus où donner de la tête. Il respire un mélange surprenant d'odeurs de poissons, d'épices, de lin, de coton et d'alcool dans lequel se noient des exhalaisons de viandes grillées. Une fois à terre, le capitaine autorise le quartier libre aux officiers à l'exception de son second qui l'accompagne à la capitainerie et d'un lieutenant chargé de récupérer eau et vivres. Charles Monjeau se laisse perdre par la foule et disparaît. Il revient juste à temps pour retrouver le bord. Quand le « *Jura* », navire mixte avec trois mâts et une machine à vapeur, déploie ses voiles et que sa cheminée crache sa fumée noire et épaisse, le capitaine Monjeau est encore sous le charme de cette escale exotique.

Le navire rencontre une nouvelle tempête peu après le passage Wetar. Par chance, elle ne dure pas. Le commandant peste contre le retard accumulé. Dès qu'il en a la possibilité, il fait hisser toutes les voiles. Dans la salle des machines, les marins n'ont pas de répit et alimentent sans discontinuer la vorace chaudière. La vitesse du bâtiment augmente légèrement et franchit les cinq nœuds en mer de Timor. Après la mer d'Arafura et le détroit de Torrès, le vaisseau se glisse entre la Nouvelle-Guinée et l'Australie pour plonger dans la mer de Corail. Le capitaine Monjeau, dans le soleil couchant, inscrit dans ses notes le jour du printemps dix-huit-cent-soixante-douze. Il compte plus de cent vingt-cinq jours de mer depuis le départ de Toulon. Il met également un petit mot concernant les vingt-cinq condamnés morts sur le navire et qui ne fouleront jamais la terre de Nouvelle-Calédonie.

Au matin du vingt-six avril, Charles Monjeau est réveillé par le son du clairon et une cloche inhabituelle. Il s'habille prestement et gagne le pont supérieur. En découvrant le trait de côte à l'horizon, son cœur bat plus fort et cogne sa poitrine. Il soupire profondément. Le capitaine s'avance vers lui et lui tend sa longue-vue.

— Monjeau. Nous y voilà. Enfin. Les côtes de la Nouvelle-Calédonie. Regardez.

Charles saisit l'instrument et le pointe vers la bande de terre légèrement brumeuse. Il colle son œil droit et ferme l'autre. Il stabilise l'image et tourne avec précision l'un des anneaux pour effectuer la mise au point. Il distingue nettement la terre, mais le navire est encore loin et le dessin de la côte ressemble à beaucoup d'autres. Il abaisse la longue-vue et la redonne au capitaine.

— Capitaine Monjeau. Nous sommes au nord de l'île. Nous allons descendre la côte pendant deux jours. Peut-être moins en fonction des vents. Nous accosterons à l'île Nou. Bien. C'est la fin de notre voyage. Nous y voilà enfin. Je ne suis pas mécontent d'arriver et de décharger ma marchandise. Au moins ici, au bout du monde, ces hommes ne feront plus de tort à personne. Monjeau, vous êtes parvenu chez vous.

Charles ne répond pas. Il est songeur. Sa décision l'interroge toujours et un sentiment confus l'habite. Il s'en veut d'avoir désobéi à son père et de l'avoir tellement déçu, mais pour la première fois, il a fait un choix. La famille Monjeau ne désire plus entendre parler de lui. Pour lui c'est une nouvelle vie qui commence.

Traversée vers l'Inconnu

Ismérie écoute les bruits étouffés du dortoir assoupi. Elle reconnaît les respirations et les ronflements de chacune des détenues avec qui elle partage cette chambrée. Elle est réveillée depuis longtemps. Voilà de ça plus d'une semaine, la rumeur d'un départ imminent des condamnées à la déportation circule dans la prison. À l'atelier, on ne murmure que ça. Elle est enfermée là depuis cinq cent quatre-vingts jours. Elle a vérifié dans son journal. Elle se lève sans faire de bruit et s'approche de la grande fenêtre. Elle surprend l'aube et les premiers chuchotements des oiseaux dans les denses feuillages des tilleuls qui entourent la cour. Elle contemple le chemin creusé par les prisonnières obligées de suivre le même chemin silencieux lors de leurs rondes. Elle grimace en apercevant au milieu de cet espace, les effroyables latrines circulaires ouvertes à tous les vents et à tous les regards ; surtout ceux des gardiens. Déjà l'aurore. Les étoiles dans le ciel s'éteignent une à une.

Dans le réfectoire, Ismérie écoute attentivement le gardien-chef énoncer les directives du jour. Elles sont vingt à ne pas rejoindre l'atelier aujourd'hui. Après le repas, elles doivent préparer leurs affaires et se tenir prêtes dans la cour. Un brouhaha contenu s'empare de l'immense salle. Il est tout de suite arrêté par un gardien à grand coup de crosse de fusil sur une table. La jeune femme a le cœur qui lui pique la poitrine. Elle est soulagée de quitter cet endroit maudit. Elle ne sait pas combien de mots et combien de phrases sont sortis de sa bouche depuis qu'elle est ici. Elle a brisé le silence plusieurs fois et s'est retrouvée immédiatement au cachot plusieurs semaines. Elle repense au froid qui la mordait et à la faim qui la torturait souvent. Elle se trouve maigre. Elle revit les bagarres entre détenues. Elle connaît les jalousies et les rancœurs. Elle s'en veut de laisser les plus jeunes condamnées sans défense face aux gardiens de nuit ivres et brutaux. Elle a donné l'alerte plusieurs fois pour éviter les viols et les agressions, mais combien en a-t-elle manqués ? Elle ne regrettera pas non plus l'atelier où les prisonnières travaillaient sans relâche à des cadences infernales pour quelques pièces.

Ismérie plie ses deux chemises et ses deux robes au tissu usé et rapiécé plusieurs fois. Elle pose dessus un châle qu'elle a fabriqué en cachette à l'atelier avec quelques chutes de tissus. Elle fourre le tout dans un sac de toile. Elle y ajoute son carnet et le fragment d'une mine donnée par le médecin de la prison. Elle ôte sa coiffe blanche de fermière et de pensionnaire d'Auberive. Elle retrouve les dix autres détenues dans la cour en plein soleil. Deux gardiens se postent sous l'ombre des arbres. L'attente du fourgon cellulaire commence. Les captives sont obligées de rester debout. Les heures passent et le soleil frappe fort. Les surveillants ne s'approchent pas d'Ismérie. Ils ont peur d'elle et connaissent son magnétisme. Ils ont ordre de rester à bonne distance ou de lui placer la tête sous une cagoule. Ils hésitent à intervenir quand deux des détenues s'effondrent sur le sol. Ismérie se porte auprès d'elles et supplie les soldats d'apporter de l'eau. L'un des deux hommes part chercher le brigadier-chef. Il fait donner de l'eau et conduit les prisonnières plus à l'ombre. Elles peuvent s'asseoir. Seule Ismérie doit rester debout en plein soleil. Elle demande simplement un peu d'eau à l'un des gardiens. Il plonge une louche dans le seau et lui jette l'eau à la figure. Les gardes s'éloignent en riant aux éclats. Ismérie fait face. Elle a la gorge sèche et son visage est brûlant. Des gouttes de sueur perlent sur son front. Elle ne montre rien à ses bourreaux, mais elle a les jambes qui tremblent. Sans l'intervention du jeune médecin, elle se serait évanouie. Il la soutient par le bras jusqu'à une place à l'ombre. Il invective les gardiens qui répondent par un simple haussement d'épaules. Par mesure de prudence, il fait apporter un peu plus d'eau et reste avec les prisonnières en attendant l'arrivée du fourgon.

Ismérie se laisse bercer par les mouvements saccadés du véhicule. Elle appuie sa tête contre son châle et la paroi. Elle ouvre les yeux de temps à autre et aperçoit à travers la grille de la porte du fond des villages, des bois et des champs. Des senteurs de foin et de paille envahissent la cabine. Dans la ville de Troyes, elles quittent le fourgon et montent dans un train pour Paris. Le wagon est placé en queue du convoi et a été aménagé spécialement pour les condamnées. Il y a de petites ouvertures en haut qui laissent entrer le minimum de lumière. À l'intérieur se trouvent deux emplacements distincts. Une première zone réservée aux gardiens et une cage pour les prisonnières avec deux bancs étroits en bois de chaque côté. Les détenues pénètrent dans le wagon par une porte située du côté de l'espace dédié aux surveillants. Les vingt femmes captives d'Auberive s'installent dans le train-prison avec leur baluchon. Trois nouveaux gardes montent à bord et verrouillent la cage.

Ismérie imagine Paris du fond de sa geôle roulante. Elle remonte la rue de Charonne puis prend à droite la rue Trousseau avant de suivre la rue de Chanzy vers la rue Titon. Elle pousse la porte de son immeuble et grimpe les marches deux par deux jusqu'à l'appartement de sa mère. Marie est occupée à rallumer la cuisinière à charbon pour réchauffer la soupe au lard du dîner. La jeune fille avale sa salive avec difficulté. Elle a un goût salé. Elle s'est mélangée avec les larmes qui coulent sur sa joue, glissent sur sa lèvre puis disparaissent dans sa bouche.

Le train s'immobilise longuement à proximité de Paris puis le wagon est heurté et bousculé violemment. Les prisonnières sont projetées sur les grilles de la cage. Elles ne peuvent rien voir. Les lucarnes sont trop hautes. Elles ne peuvent qu'entendre des bruits métalliques assourdissants et le gémissement des boggies sur les rails. Le convoi finit par repartir à grands coups de sifflet à vapeur. Dans la prison roulante se mélangent des odeurs de fer, de suie et d'urine que l'air chaud de l'été soulève en bouffées. Le voyage est rythmé par un grand nombre d'arrêts en station. Ismérie regarde la lumière orangée qui ose s'aventurer dans le wagon. Elle devine le soleil couchant sur l'horizon. Le train file vers l'ouest. Un dernier coup de sifflet puis le chemin de fer ralentit et entre dans la gare de La Rochelle. Il s'immobilise dans un ferraillement infini. La nuit tarde à se montrer. Les gardes rectifient leur tenue et débloquent la porte du wagon. Une escorte en arme les attend sur le quai. Ils ouvrent la cage et poussent les prisonnières hors du train. Au moment où Ismérie passe la grille, un des geôliers se place devant elle et sans oser la regarder dans les yeux lui enfile une cagoule en toile de jute ajourée au niveau des yeux et de la bouche. Ismérie tente de se débattre, mais le second surveillant lui attache les mains en lui laissant juste la possibilité de tenir son baluchon.

Les prisonnières bien encadrées remontent le quai, passent le grand hall et sortent de la gare. La cadence imposée par le brigadier est soutenue et les condamnées épuisées ont du mal à suivre. Un bateau-navette pour l'île d'Aix les attend. Le « Virginie » est prêt pour les embarquer. L'océan est calme et l'air doux. Ismérie et ses compagnes de malheurs se serrent les unes contre les autres. Ismérie regarde le jour se laisser glisser derrière l'horizon. Elle n'a jamais pris de bateau. Même pas les barques du bord de Seine.

Sur le débarcadère règne une intense activité. Celle du départ imminent des grands navires. Le second du « Virginie » attend l'arrivée des dernières « passagères ». Il est soulagé quand l'étrave du bateau surgit dans la pénombre. Le temps d'accoster et les prisonnières sont débarquées prestement. Avec l'aide des gendarmes du bord, l'officier fait accompagner les condamnées dans le compartiment des femmes situé sur tribord arrière. Les détenues sont accueillies par deux sœurs de l'ordre de Saint-Joseph. Elles seront du voyage pour la surveillance. La plus âgée des deux est surprise en voyant passer devant elle Ismérie avec sa tête dans un sac. D'un ton ferme et autoritaire, elle exige d'un garde qu'il le retire immédiatement. Il s'exécute sans protester. Le visage d'Ismérie, malgré la fatigue et les traits tirés, irradie dans toute la cale. Les soldats ne disent plus un mot. Les religieuses installent les condamnées. Un repas leur est apporté et elles peuvent accéder à de l'eau fraîche. L'unique repas depuis qu'elles ont quitté l'abbaye d'Auberive. Elles se ruent sur la nourriture, mais juste après qu'une religieuse ait prononcé le bénédicité. Chacune d'elles a son propre hamac ; contrairement aux hommes qui, le plus souvent, le partagent. L'endroit est étroit, mais il semble suffisamment large à Ismérie pour que toutes les condamnées conservent un peu d'espace. Ismérie, comme la majorité des prisonnières, monte sur un bateau pour la première fois. Elle s'installe à côté d'un sabord. Il est entrouvert et, malgré la grille amovible placée devant, diffuse un air frais et iodé. Les religieuses font amener deux grands baquets d'eau et sortir les gardes. Les détenues peuvent effectuer une toilette rapide juste avant que la cloche n'indique l'extinction des feux. Ismérie monte dans son lit suspendu. Comme la plupart des femmes, elle met longtemps avant de trouver une position qui lui convienne. Quand elle ferme les yeux, la cloche annonce un changement de quart.

  Le dix du mois d'août au matin, le navire quitte l'île d'Aix pour la « *grande traversée* » et un périple de plusieurs semaines. Ismérie n'a pas bien dormi. Elle était agitée et n'a pas réussi à garder une posture confortable pour dormir. Elle s'approche des grilles et regarde le trait de côte à travers le sabord ouvert. Après le pliage des hamacs et le rangement du compartiment sous l'œil des religieuses viennent la toilette et la visite médicale du médecin. Deux des prisonnières affaiblies et carencées reçoivent plus de soins. Sur le pourtour du compartiment des femmes sont disposées des couchettes dont on rabat la tablette pour en faire des bancs. Le petit déjeuner est apporté juste après la visite médicale. Pour la première fois depuis plusieurs mois, Ismérie savoure une soupe chaude et épaisse accompagnée d'un bon morceau de pain presque frais. Elle s'assoit sur la banquette de bois et sort de son sac son carnet et sa mine. Elle tourne les pages déjà noircies et marque le pli d'un feuillet vierge puis commence son journal de bord. Celui d'une communarde condamnée et embarquée pour les antipodes. Elle porte la pointe de charbon à sa bouche et humidifie la pointe. Elle note :

« *Le dix août, à bord de la Virginie, nous avons quitté l'île d'Aix pour le grand voyage. En route vers le "malheur"[3]. La cale est assez vaste pour nous toutes. Je n'arrive pas encore à bien dormir dans le hamac. Attendons. La nourriture est satisfaisante. Nous avons de l'eau fraîche pour la toilette. Les sœurs qui nous gardent et veillent sur nous sont un peu rigides, mais elles sont justes. Le médecin du bord est un homme bon.*

Le douze août la côte a disparu. Le médecin du bord nous indique que nous traversons à présent le golfe de Gascogne et que nous avons l'autorisation de monter sur le pont. L'air frais me fait beaucoup de bien. Je ne suis pas vraiment malade, mais je n'arrive pas encore à me faire aux mouvements du navire. Nous restons une bonne heure sur le pont. Seulement après que les hommes sont sortis. J'aperçois le

---

[3] Nom donnée au bagne de Nouvelle-Calédonie

commandant et son second sur le gaillard d'arrière. Ce sont des hommes courtois. Ils ne m'obligent pas à cacher mon visage et laissent les marins, qui le peuvent, me regarder. Quand je passe l'écoutille, je sens d'abord un mélange d'odeurs qui mêle du savon noir et du chanvre puis l'odeur de la mer et des embruns. J'aime toucher le bois du bastingage et serrer les cordes. Je suis fascinée par le tranchant de l'étrave qui découpe l'océan et les plis d'écume qui glissent le long de la coque. Les trois-mâts de la frégate n'en finissent pas de monter vers le ciel. Les voiles bombent le torse. L'enchevêtrement des cordages m'impressionne. Je laisse la poussière d'eau caresser mon visage, mais il faut déjà rentrer dans le ventre du navire.

La "Virginie" double le cap Finistère le quinze du mois d'août. Le temps est magnifique et je laisse mon cœur se remplir d'un peu de soleil et se tapisser du bleu du ciel. La mer émeraude ondule avec mollesse, mais laisse quelques vagues festonnées d'écumes s'enrouler puis se dérouler. Le navire avance vite et laisse par le travers bâbord les côtes du Portugal. Je retrouve Louise Michel. Je l'admire tellement. Elle s'occupe des plus démunies et obtient quelques faveurs du capitaine. Elle organise presque tous les soirs des veillées. Les discussions ne sont interrompues que par les sœurs qui annoncent l'extinction des feux. Elle est tellement forte. Elle me donne de l'espoir. Dans la pénombre et le balancement des hamacs, elle éclaire mon cœur.

Nous sommes le dix-neuf du mois d'août quand le navire s'approche d'une terre. La sœur nous indique que nous allons faire escale à Las Palmas aux îles Canaries. Le "Virginie" jette l'ancre à moins d'une lieue de la côte. J'apprends que des détenus fortunés passent commande de tabac, de fruits et même d'alcools. Ils laissent les marins descendus à quai faire les achats pour eux moyennant un bon dédommagement. J'attrape ma bourse et je défais le cordon. Je suis en colère de ne compter qu'une dizaine de sous. L'ancre est remontée le vingt-et-un août au petit matin. La mer est belle et le navire avance à près de huit nœuds d'après le médecin. Deux jours après, un poisson volant passe par un sabord et atterrit au milieu de notre cage. Les cris envahissent la cale. Avec la chaleur, je me reposais dans mon hamac. Je me réveille en sursaut et saute de ma couche pour voir l'animal.

Le trente-et-un août, il fait très chaud à bord. Au moins trente-cinq degrés et le vent est tombé. Le navire n'avance plus. Il faut attendre le soir pour qu'une légère brise forme et agite un peu les voiles. Vers le soir le bâtiment retrouve un peu de vitesse. Le trois du mois de septembre, le médecin doit intervenir pour soigner une femme malade depuis plusieurs jours. Elle a une forte fièvre. Il lui administre un remède, mais je la veille quand même toute la nuit. Je lui éponge régulièrement le front. La mer s'est formée et secoue la "Virginie" dans tous les sens. D'après l'officier de quart, nous traversons le "pot au noir". C'est la première fois que j'entends aussi fortement les craquements du bois du navire. Cette nuit je n'ai pas dormi.

Le huit du mois de septembre, nous sommes en vue des rochers de San Paolo. Des minuscules îlots perdus au milieu de l'Atlantique. Il y a vingt-neuf jours que nous avons quitté la France. Je pense très fort à maman. Elle me manque tellement. Le neuf nous passons l'Équateur. Après le changement de quart du dîner, des cris et des chants descendent du pont supérieur. Les marins fêtent le passage dans l'hémisphère sud. Un feu d'artifice est tiré pour l'occasion. Je change de sens dans mon hamac et je regarde à travers le sabord les éclats de lumière qui scintillent puis s'évanouissent dans l'océan. Je ferme les yeux un instant et je me retrouve derrière la barricade à l'angle du faubourg Saint-Antoine et de la rue de Charonne. Le bruit est assourdissant. Des traits de feu partent comme des flèches. Des explosions font voler en éclat les vitres et les volets des immeubles voisins. J'entends des cris de douleurs et d'effroi. Je respire la fumée et la poudre. Un filet de sang s'écoule à mes pieds. Il descend des pavés et inonde maintenant la rue. Le sommet de la barricade est éventré et dix compagnons gisent tout autour. Je n'avais pas fait ce cauchemar depuis longtemps. Ma blessure à l'aine me gêne. Il faut que j'en parle au médecin.

Aujourd'hui nous sommes le seize septembre et il pleut beaucoup. La pluie tombe sans arrêt depuis deux jours. Je n'arrive plus à écrire. Le navire avance vite. Le capitaine vient de faire un tour d'inspection avec son second et le médecin. Nous devrions arriver au Brésil d'ici une huitaine de jours.

Le temps ne s'améliore pas et la terre n'est toujours pas en vue. D'après la jeune sœur, le navire a même dérivé pendant plusieurs heures. J'ai replié mon hamac et je me suis collée contre le banc et accrochée à la grille. Dans la nuit, le calme est revenu. Au petit matin j'ai entendu un marin crier "terre en vue". Nous devons être le vingt-six septembre. Le navire louvoie pendant une bonne partie de la journée pour franchir la passe entre le continent et l'île Santa Catarina. J'ai entendu de la bouche des sœurs que le capitaine a autorisé certains détenus à envoyer des courriers. Il y a quarante-sept jours que j'ai quitté les côtes françaises. Je plie mon hamac. Je fais une toilette rapide. Je coiffe mes cheveux et je rejoins les autres condamnées sur le pont. Un air chaud m'enveloppe complètement. Du pont je peux voir la côte. Le ciel est lumineux et les eaux transparentes et turquoise. Une flottille de bateaux de toute taille navigue au loin.

Le ravitaillement du "Virginie" prend plusieurs jours et nous avons de l'eau fraîche. La nourriture est bonne. Nous sommes le neuf octobre quand le navire déploie ses voiles et remonte l'ancre. D'après l'officier médecin, nous nous dirigeons maintenant vers le cap de bonne espérance. Il m'a indiqué qu'aucune escale n'est prévue à Cap Town. Nous filons vers la Nouvelle-Calédonie.

La vie à bord est routinière. Après le lever, rangement des hamacs et nettoyage de la cage ; puis vient le moment de la toilette. Des panneaux amovibles nous permettent d'avoir un peu d'intimité. Les religieuses y veillent. En attendant le premier repas, je dessine un peu ou j'écris. Je me suis habitué au claquement que provoque la mer contre la coque. Cela ressemble parfois à un sifflement et d'autres fois à un crépitement. J'aime les changements de quart et les ordres hurlés sur le pont pour hisser ou affaler les voiles. Lors de la sortie sur le pont, le ciel était couvert. Tout était gris. La mer et le ciel se mélangeaient pour former des rideaux de pluie. J'ai quand même aperçu sur tribord un point de terre. Je respire à plein poumon l'air froidi et salé. Lorsque j'apparais sur le pont, les marins semblent envoûtés et s'arrêtent un instant. Même le plus *bourru d'entre eux devient aimable. Accrochée aux cordages, je m'imagine danser sur le pont jusqu'à ce que le sifflet et les cris du maître de manœuvre ne viennent interrompre mon rêve.*

Depuis quelques jours le froid s'est abattu sur la "Virginie". Lors de l'inspection, le second nous a indiqué que nous naviguions entre les quarante huitièmes et cinquantièmes parallèles. Je ne sais pas ce que ça représente, mais j'ai froid ; même enveloppée dans mon hamac. Avec de vieux guenillons, le capitaine m'a autorisé à confectionner des chaussons. Le travail était très pénible, car j'avais les mains et les doigts tétanisés. Aujourd'hui, je ne suis pas restée longtemps sur le pont. La glace a recouvert les haubans et les cordages. Les voiles sont figées. Même la mer est ralentie. Le navire semble pétrifié. Il glisse sur les flots. Quelques flocons recouvrent le pont. Les marins viennent se réchauffer à tour de rôle autour d'un brasero d'où s'élèvent une fumée grise et quelques flammes. J'ai les pieds gelés.

Nous sommes en mer depuis près de cent-vingt jours. Le climat s'est fortement adouci. Nous remontons un peu plus au nord vers la Nouvelle-Calédonie. Aujourd'hui sur le pont j'ai aperçu deux grands oiseaux. Un matelot a crié "Terre ! Terre !". Les côtes sont en vue. La "Virginie" entre dans la rade de Nouméa. »

Le matin du huit décembre, dix-huit cent soixante-treize, le navire s'approche doucement des côtes calédoniennes. Le capitaine fait réduire la voilure. Tous les marins grimpent sur le pont. Dans les cales et dans les cages, l'ordre est donné de ranger et de préparer son baluchon. Des sentiments mêlés de soulagement et d'angoisse s'emparent des détenus. Ismérie aide les captives les plus affaiblies à rassembler leurs affaires. Le débarquement des prisonniers est prévu dans l'après-midi. Une délégation du gouverneur et de l'administration pénitentiaire monte à bord. Les femmes condamnées à la « *déportation en enceinte fortifiée* » doivent être acheminées à Bourail. Les hommes seront eux retenus en captivité sur la presqu'île de Ducos. Quand les religieuses annoncent la nouvelle aux détenues, celles-ci se mettent à hurler. Elles refusent de quitter leurs compagnons de lutte. Louise Michel et Ismérie se placent devant les grilles et indiquent qu'elles ne bougeront pas. Elles veulent être avec les hommes et elles sont prêtes à se jeter par-dessus bord si elles n'obtiennent pas gain de cause. La sœur supérieure s'étonne et remonte sur le pont pour faire part des revendications des femmes aux autorités.

Les pourparlers durent deux bonnes heures. Le capitaine Monjeau est désigné par le représentant du gouverneur. Il est chargé de descendre dans la cale pour parlementer. Charles ôte son képi rouge et noir. Il baisse la tête et s'engouffre dans l'écoutille. Il tient son sabre d'une main et de l'autre, il agrippe la main-courante. Une fois en bas, il fait claquer ses talons. La cale est plongée dans la pénombre. Les marins et les gardiens ont un mouvement de recul en découvrant le visage du capitaine. Ils s'écartent. D'un geste étonné, mais coordonné, ils saluent néanmoins le capitaine. Charles s'avance vers la cage. Il complimente la sœur novice qui effectue un pas de côté pour laisser passer le militaire. Tous les yeux sont tournés vers la figure disgracieuse du capitaine.

Charles balaie du regard l'assemblée qui le toise. Il hausse les épaules. Il s'approche un peu plus des grilles de la cage fermée. Juste devant lui, deux femmes tiennent fermement les barreaux. Elles le regardent fixement avec un air déterminé. Il les envisage à son tour. La première porte une robe noire boutonnée jusqu'au cou. Elle a le front dégagé. Ses cheveux bruns mi-longs, légèrement tirés vers l'arrière, tombent de part et d'autre de son visage oblong. Son menton minuscule supporte une étroite bouche prête à parlementer. Pour la seconde, Charles sent ses jambes se dérober. Son cœur tressaute. Il agrippe fermement la poignée de son sabre. Il perd l'équilibre une fraction de seconde puis il se ressaisit. Le corps de la jeune femme apparaît tout entier dans un grand éclat lumineux. Son visage frais resplendit. Elle porte une robe beige et un chemisier blanc qui découvre une gorge fine et une peau délicate. De belles boucles de cheveux noirs descendent le long de son visage et s'abandonnent sur ses épaules. Elle a le teint pâle et une jolie bouche sertie de lèvres rose vif. Charles se perd dans ses grands yeux clairs. Il panique. Ses mains sont moites et deux gouttes de sueur perlent sur son front.

Le capitaine Monjeau fait remonter de la cale les marins, les soldats et les deux religieuses. Il redresse la tête et tire la veste de son costume vers le bas. Il prend un air sévère et s'approche des deux femmes.

Ismérie ne se laisse pas distraire par l'aspect repoussant du visage du capitaine et le regarde fixement dans les yeux. Elle propose à Louise Michel de négocier directement avec le militaire. Elle a le visage fermé et les dents serrées. Elle le menace du regard. Charles Monjeau n'impressionne pas du tout les deux prisonnières. Il ne tient pas longtemps sa posture inflexible. Depuis deux ans qu'il est en Nouvelle-Calédonie, il a vu arriver six convois de déportés. Il n'en peut plus du traitement réservé aux condamnés. Il fait bonne figure devant le gouverneur et applique sans conviction les décisions ; même les plus cruelles ou les plus absurdes. Il se rend compte rapidement qu'il ne peut rien faire face aux deux femmes. Il est à court d'arguments quand elles menacent de se noyer dans la baie. Il finit par accepter leur requête. Les prisonnières débarqueront avec les hommes condamnés à la déportation simple pour être escortés à pied jusqu'à la presqu'île de Ducos. Il salue les deux femmes en se perdant dans la profondeur des yeux d'Ismérie. Il remonte sur le pont et saisit fermement la poignée de son sabre. Il lève le menton et distribue ses ordres sous l'œil médusé du capitaine de la « *Virgine* ». Ismérie grimpe sans broncher l'échelle et passe l'écoutille. Elle est éblouie par la lumière qui baigne le pont. Elle pose son sac de toile à ses pieds. Elle dodeline pour détendre les muscles de son cou et respire profondément sa première bouffée d'air calédonien.

Les Lueurs de l'Aube Calédonienne

Ismérie est assise avec les autres détenues et les deux religieuses dans le canot qui s'approche du ponton de bois. Elle regarde le rivage. Les hommes sont déjà à terre. Ils sont répartis en deux groupes. Les condamnés au bagne partent sur l'île Nou et les déportés vont à la presqu'île de Ducos. Les bagnards sont attachés deux par deux avec de lourdes chaînes. Ils sont malmenés par les gardiens et commencent leur marche vers le pénitencier. Le bruit cadencé des fers que l'on traîne au sol résonne dans le port émergeant.

Des sentiments confus animent l'esprit d'Ismérie. Elle est soulagée de descendre à terre, mais elle appréhende et s'inquiète de la vie qui l'attend sur cette île du bout du monde. Elle devine les quelques bâtisses qui forment le port. Elles sont couvertes de tôles claires. À l'exception des militaires et des gendarmes qui guettent les condamnés au bout du ponton, l'endroit est presque désert. Une poignée de curieux sont venus voir le nouvel arrivage. Une brise chaude flâne dans la baie et caresse le visage d'Ismérie. Elle aperçoit un ensemble de collines rocailleuses et pelées ou résistent parfois quelques buissons épais et épineux. Quelques arbres dispersés épousent le trait de côte. La terre est rouge. Elle se soulève en bouquet et tournoie avec négligence avant de glisser sur le sol. La prisonnière soupire puis respire profondément. Elle sent la mer et les algues que les vagues repoussent jusqu'à la plage. Elle rejoint le groupe sur le débarcadère, balance son baluchon sur son épaule et s'avance vers la terre ferme. Le soleil est déjà haut dans le ciel quand le cortège prend, sous bonne garde, la direction de l'« *enceinte fortifiée* » de Ducos. Le capitaine Monjeau, monté sur un petit cheval à la robe blanche tachetée de beige, s'empare de la tête du convoi.

Les condamnés marchent depuis une bonne heure et les rayons du soleil frappent fort la terre rouille qui imprègne tout. Lorsque deux corps s'effondrent à terre, le capitaine Monjeau stoppe la colonne et fait distribuer un peu d'eau. Il fait charger sur le chariot, les deux détenus et les deux religieuses s'installent à leur côté. Charles remonte la longue file des prisonniers et cherche Ismérie. Il capte son regard, mais elle détourne les yeux. Il donne l'ordre d'avancer. Le cortège contourne un vaste marécage, mais pas assez loin des moustiques qui profitent de l'aubaine pour attaquer le convoi tout entier et particulièrement les femmes et les hommes fraîchement débarqués. Une pause est autorisée par le capitaine Monjeau au niveau du goulet qui marque le passage vers la presqu'île. Un modeste édifice et un pont de bois se dressent à l'entrée. La bâtisse est crépie de blanc et couverte d'un bardage de tôles grises. Les gardes sont hilares et se moquent des nouveaux venus. Ils rectifient la position et saluent le capitaine lorsque celui-ci s'approche. Le capitaine fait encore distribuer de l'eau aux détenus, puis il s'enquière de l'état des deux transportés malades.

Ismérie prend le temps de s'asseoir. Ses vêtements sont déjà couverts de poussière. Elle ne cherche même pas à l'en ôter. Ismérie avait rêvé à de grandes forêts fraîches et ombragées, mais elle aperçoit une terre aride et une végétation sèche et rabougrie. Seuls quelques niaoulis décharnés exposent leurs ramures couleur cendre. Elle se raisonne intérieurement et empêche la déception et le découragement l'envahir. Elle repense aux conditions du camp de Satory. Le capitaine Monjeau descend de son cheval. Avec sa cravache, il tapote sur ses bottes pour disperser la poussière. Il forme trois équipes de gardes pour accompagner les prisonniers sur les lieux de leur peine. Un groupe de condamnés est escorté dans la baie de Numbo, un autre vers la baie de Tindu et les femmes sont conduites jusqu'à la baie de Ngi. Ismérie retient ses larmes quand elle découvre son lieu de réclusion. Il n'y a pas de murs ni de barreaux, mais il n'y a rien de plus que des cailloux, de la terre rouge et un maquis piquant. De l'autre côté, il y a la mer peuplée de requins et la mangrove épaisse et mystérieuse emplie de palétuviers. Comme si un myriapode géant s'était endormi sur la plage en laissant traîner un millier de pattes dans l'eau saumâtre.

Au milieu des quelques frêles cabanes plantées dans la baie, le capitaine Monjeau prépare le déchargement de quelques outils, des planches et des toiles épaisses. Il fait également déposer des fruits et des quartiers de viandes crues enveloppés dans des linges sanguinolents. Il remonte sur son cheval et donne l'ordre à ses soldats de se replier. Avant de repartir, il cherche Ismérie. Il attend qu'elle se retourne vers lui. La prisonnière est assise à même le sol et regarde la mer au loin. Sous une chaleur accablante, le désespoir fond violemment sur elle. Ses forces l'abandonnent. Elle ne pense pas survivre à cette épreuve. Elle rencontre enfin le « *Malheur* » dont parlaient certaines détenues pendant la traversée. Elle ne peut retenir ses larmes qu'elle tente de cacher aux autres femmes en rabattant quelques mèches de cheveux. Elle ne voit pas Charles qui, monté sur son cheval, n'arrive pas à la quitter des yeux.

Ismérie soupire puis crache par terre. Elle expulse du même coup cette bouffée de désespérance qui s'emparait d'elle. Elle se relève et sort de son sac de toile une étoffe avec laquelle elle improvise un couvre-chef. Elle accompagne les deux condamnés malades dans une des vieilles cabanes branlantes qu'un miracle fait encore tenir debout. Elle est ouverte à tous les courants d'air, mais elle leur permettra de récupérer et de se protéger de la chaleur. Ismérie isole et place à l'abri la nourriture laissée par les militaires puis elle commence à rassembler tous les morceaux de bois suffisamment longs et robustes qui pourront servir à dresser l'ossature des abris ou des tentes. Les autres condamnées accablées de chaleur observent Ismérie puis progressivement elles se mettent à l'imiter. Bientôt, un tas imposant de bois et de planches se forment. Quand un groupe de déportés venus de la baie voisine arrivent avec des outils, Ismérie reprend espoir. Elle prend les choses en main et distribue les tâches. Elle noue ses cheveux et dégage son visage et remonte les manches de son chemisier. Elle déplace avec elle son rayonnement naturel. Au moment où le soleil rougi s'écrase mollement à l'horizon et trempe ses faisceaux dans la mer, tous les condamnés ont un abri pour passer leur première nuit en Nouvelle-Calédonie. Un feu est allumé sur la plage. La pénombre enveloppe la baie.

Quelques escarbilles montent vers les étoiles et le croissant de lune. Une bonne odeur de viande grillée flotte dans l'air doux. Ismérie et ses compagnons d'infortune mangent et palabrent jusqu'à ce que les dernières braises ne se taisent. Une brise subtile poussée par les mouvements légers de la mer incite lentement les condamnés dans leur refuge. Un étrange fragment de leur « *chez eux* » d'avant, mais situé de l'autre côté du monde. Dans la baie, une inquiétante chaloupe à vapeur surveille de loin la petite communauté des déportés.

La vie des « *blindés* »[4] s'organise petit à petit. Ismérie profite pleinement de la souplesse accordée aux femmes par l'administration pénitentiaire. Elle n'est pas obligée de travailler et peut même circuler la nuit. Elle prépare une cagnotte secrète entre condamnées qui permet de partager avec équité les denrées achetées auprès des cantiniers. Elle se sert aussi, très largement, de l'intérêt que lui porte le capitaine Monjeau. Il vient tous les jours de Nouméa et apporte toujours des présents pour elle. Dès qu'il est parti, elle s'empresse de les distribuer autour d'elle. Le plus dur pour Ismérie est de pouvoir s'habituer à la chaleur et à l'humidité qui imprègne tout. Elle utilise ses talents de couturière pour créer et réparer les vêtements. Elle ne reste jamais sans rien faire, mais elle prend le temps chaque soir, avant que la nuit tombe, de se promener seule sur la plage. Elle n'est plus effrayée par les serpents de mer aux anneaux colorés alanguis sur le sable.

---

[4] Surnom donné aux déportés de la presqu'île de Ducos

Ismérie passe tous les jours pour rendre visite aux autres détenus. Elle s'enquiert de leur santé et de leur besoin. Elle n'hésite pas à organiser des groupes pour réparer une cabane ou défricher un bout de terre. Avec l'aide du capitaine Monjeau, elle met en place la tournée régulière d'un médecin de Nouméa et elle interpelle l'administration pour que les condamnés soient ravitaillés presque tous les jours. La Parisienne de la rue Titon s'intéresse aussi aux plantes et fruits qui poussent autour d'elle. Elle redoute les coups de vent et les cyclones qui balaient comme des fétus de paille les fragiles habitations des captifs. Elle veille sur le bien-être de ses compagnons. Elle garde un peu de temps pour elle. Dans ces moments-là, elle arpente la presqu'île et longe le rivage. Elle marche beaucoup et ramasse coquillages et plantes. Elle évite soigneusement les marécages et la mangrove. L'eau saumâtre et le treillage des racines sombres lui font peur, mais elle aime sa floraison et le mouvement simultané, tranquille et majestueux, des feuilles vertes et brillantes. Elle perçoit l'accablement des autres détenus. Elle marche pour évacuer son propre désespoir devant l'injuste punition. Elle avait un idéal, mais la tourmente l'a baignée de sang. Elle se raccroche du mieux qu'elle peut à sa cabane et à cette petite parcelle d'espoir. Elle ne peut rien et se décourage face au sentiment puissant d'isolement et de vide qui parfois pousse un condamné à mettre fin à ses jours. Elle en compte déjà deux depuis son arrivée sur l'île. Elle se retranche alors dans sa cabane pour pleurer jusqu'à l'aube. Elle finit par écrire à sa mère et noircir son journal. Elle poste une lettre chaque mois. Depuis sa venue sur l'île, elle se désespère, car elle n'a pas encore reçu de courrier.

Lorsque le soleil du matin éclaire le fond de sa cahute et dessine des ombres animées, elle se lève et s'asperge le visage d'eau. Sa figure s'illumine. Par une petite fenêtre, elle aperçoit la baie. Tout en regardant les mouvements lents et réguliers de la mer, elle prend le temps de s'habiller et de coiffer ses longs cheveux noirs. Elle déjeune d'une modeste portion de pain dur et d'un morceau de mangue mûre. Elle avale un peu d'eau qu'elle jette avec ses mains plongées dans un seau. Elle est prête pour commencer sa journée à s'occuper des détenues les plus fragiles.

Elle pense au capitaine Monjeau. Elle sait très bien qu'il la trouve très belle et qu'il a des sentiments pour elle. Elle se joue de sa timidité. Elle le juge aimable, mais elle n'arrive pas à oublier que son visage est hideux. Elle se surprend à attendre sa visite. Elle s'inquiète pour les condamnés lorsqu'il ne vient pas. Elle a peur les jours où il n'est pas là. Son cœur bat plus vite quand, depuis sa cabane, son cheval passe la colline et qu'il descend dans la baie. Depuis le début de la Commune, elle n'a pensé qu'aux autres. Aujourd'hui qu'elle est « *libre* » de ses mouvements sur le fragment aride d'une terre lointaine, elle s'occupe un peu plus d'elle et questionne les tréfonds de son cœur. Elle est sensible aux petites attentions du jeune militaire. Elle soupire et sa poitrine se gonfle. Elle oublie un court instant la disgrâce de son visage, mais dès que son regard se porte sur la tâche qui couvre son faciès, elle ne distingue plus que l'officier qui la garde. Ses propos deviennent froids et cassants. Elle ne l'appelle plus « *capitaine Monjeau* », mais « *officier* ». De son côté, Charles Monjeau fait attention à lui quand il vient jusqu'à elle. Son costume est impeccable et ses bottes brillent au soleil. Il ne l'appelle pas par son matricule, mais emploie, à tous propos, « *madame Martin* ». Lorsque par mégarde il utilise le prénom « *Ismérie* », il bégaie et tousse plusieurs fois en se raclant la gorge. Il commence par rougir dès qu'Ismérie lui parle directement. Tout change quelques jours après le passage d'une dépression tropicale qui traverse le sud de l'île et ravage la plupart des cabanes des déportés. Seules les maisonnettes en paille et torchis résistent. Par miracle, aucun détenu n'est porté disparu. Le capitaine est arrivé rapidement sur les lieux avec une escouade pour évaluer les dégâts. Il a pris de sa propre initiative la décision de participer à la reconstruction des cahutes. Les soldats ont accompagné leur chef en rechignant. Il est venu en personne relever l'abri d'Ismérie. Il est descendu de cheval. Il a quitté sa veste d'officier, posé son sabre et remonté ses manches.

— Ismé... Hum. Hum. ... Madame Martin. Je viens vous aider à réparer votre cabane.
— Vous outrepassez vos droits, capitaine. Non ?
— Eh bien. C'est que. Je...
— Je me débrouille très bien seule, capitaine. Mais, bon, comme vous êtes là j'accepte volontiers votre aide. Je ne dirai rien à vos supérieurs. Je vous le jure.
— Ah ? Oui. Bien. Je... je m'exécute tout de suite.
— Non. Non. Capitaine. Ne vous tuez pas maintenant. La cabane d'abord.
— Comment ? Ah oui. Je vois. Vous plaisantez.
— Capitaine Monjeau. On ne peut rien vous cacher.
— Je vais commencer par redresser ces poteaux.

— Très bien, capitaine. Et vous allez me dire tout ce que vous allez faire ?
— Eh bien. Heu. Oui. Heu. Je veux dire non.
— On est bien d'accord. J'ai regroupé mes affaires. J'ai déjà rassemblé les bois et les planches éparpillés. J'ai ramassé tous les clous que j'ai pu trouver. Commençons.

Ismérie prend un marteau de fortune fabriqué dans la forge d'un détenu dans la baie voisine. Dès que le capitaine relève les pieux porteurs et s'assure de leur solidité, elle plaque les planches disparates et essaie de reformer la cabane. Elle complète les brèches avec des morceaux de toile. Le capitaine et la condamnée se rapprochent. Leurs bras s'effleurent. Leurs têtes se frôlent. Leurs mains se touchent. Leurs regards se croisent de manière furtive. Le visage d'Ismérie étincelle. La figure de Charles s'illumine et sa laideur s'efface. Ils travaillent en silence. Le soleil est revenu depuis le matin et le ciel bleu azur, balayé par des alizés timides, a dissipé la tempête. La condamnée et le capitaine œuvrent tout le jour pour reconstruire l'abri. Lorsque le soleil perd ses rayons ardents et se pare de la couleur du safran, le capitaine Monjeau enfile sa veste et attache son épée. Il rappelle ses hommes. Avant de grimper sur son cheval, il inspire à plein poumon et chuchote à Ismérie sans oser le contempler dans les yeux.

— Ismérie, je reviendrais demain pour... pour voir si tout va bien.

Il met un pied sur un étrier, se hisse sur sa monture et tire doucement sur la bride. L'animal effectue un pas de côté, se dégage et commence à marcher au pas. Les soldats éreintés et furieux fusillent du regard leur capitaine et suivent le mouvement. Debout sur son cheval, Charles se retourne et admire Ismérie immobile auprès de la toile trouée qui ferme l'entrée de sa nouvelle cabane. Elle se contient pour ne pas lever le bras et faire un signe de la main au capitaine. Elle s'interroge sur les propos et sur les intentions du capitaine. Elle ne sait pas s'il reviendra. Elle aimerait qu'il apparaisse au couchant juste devant chez elle. Elle attache ses cheveux et hausse les épaules. Elle rassemble ses outils et s'avance vers les cabanes voisines. Ce soir, les détenus se retrouvent près de la plage pour partager les vivres récupérés et le ravitaillement apporté par le capitaine. Ils mangeront autour du feu. D'autres condamnés arrivent de l'anse contiguë pour proposer leurs bras afin d'aider ceux qui en ont besoin. Un prisonnier approche avec quelques bouteilles d'alcool cachées dans des couvertures pour réchauffer les cœurs et les âmes. Une nuit sans lune, noire et épaisse a coiffé la presqu'île de Ducos et l'île tout entière. Dans la baie, les feux du canot à vapeur de surveillance s'allument comme les yeux d'un chat dans l'obscurité. Il fait scintiller les eaux calmes de la crique en traînant une ligne discontinue de points lumineux qui finissent par s'effacer sur la plage.

Charles Monjeau occupe une petite maison coloniale au toit rouge dans la ville naissante de Noumea, non loin de l'anse du Tir. Les baraquements des soldats sont juste en face. La résidence du gouverneur est au bout de la rue. Le logement de l'officier est suffisant pour un homme seul. Il est composé de deux pièces. Le bardage extérieur vient d'être repeint de couleur. Elle dispose d'un étroit auvent surmonté de lambrequins. Au-dessus, le faîtage porte une crête ciselée et deux épis ornementaux. Deux fenêtres à persiennes habillent la façade. Un double escalier permet d'accéder à la véranda. Le capitaine s'est levé de bonne heure. Il était réveillé bien avant le chant des oiseaux qui occupent en nombre les palmiers qui bordent la maison. Une tasse de café à la main, il est debout sous l'auvent et contemple au loin la rade de Nouméa. Son regard est attiré par un gecko immobile et à l'affût sur un montant de bois. Il retrouve ses esprits quand une brigade de bagnards descend la rue. Ils portent la tenue réglementaire et le chapeau de paille. Ils s'en vont sur le chantier du port. Le capitaine perçoit un léger murmure dans le groupe des détenus lorsqu'ils passent à sa hauteur et découvre le visage ingrat du soldat. Le capitaine Monjeau s'avance dans le rayon de soleil qui éclaire un coin de l'appentis et lève la tête en direction des prisonniers qui détourne immédiatement le regard.

Charles avale son café d'un trait. Il endosse et ajuste ses bretelles sur sa chemise blanche. Il met sa veste et ferme les boutons. Il s'assoit sur les marches pour enfiler ses bottes. Il contourne la maison pour récupérer son cheval dans le box. Il lui caresse l'encolure en lui parlant doucement. L'animal bouge les oreilles, tape un sabot au sol et renifle bruyamment. Le capitaine le sangle et le tire par la bride jusque dans la rue de terre rougeâtre. Il grimpe et s'installe sur la selle puis il remonte l'allée au pas. Quand ils passent les dernières maisons, il lance sa monture au galop en laissant derrière lui un nuage de poussière. Dans le matin tiède, il avance vite. Il contourne le marais et ralentit au niveau du poste de garde qui contrôle le pont de bois. La sentinelle est surprise de voir le capitaine si tôt. Elle rectifie la position et salue. Le capitaine en fait de même. Il descend de cheval et tape ses bottes avec sa cravache. Il l'accroche à la selle puis époussette ses pantalons du revers de la main. Il passe devant et tire la bride de son cheval. Il continue à pied. Le soleil l'escorte. Il contourne les abris et les maisons des condamnés de Ducos. Il longe le dispensaire. Il reste encore de nombreuses traces des dégâts de la dernière tempête. Des prisonniers dorment toujours dehors. Il emprunte l'anse Ndu et sa mangrove puis coupe le quartier de Numbo. Accompagné de son cheval, il descend et traverse la plage avant de récupérer le chemin aménagé par les détenus et qui mène à la baie de Ngi.

La baie entière est baignée de soleil. La mer aux reflets bleutés laisse filer ses vaguelettes sur la plage. Le canot de surveillance s'est retiré. Il reviendra plus tard effectuer sa ronde. Le capitaine croise deux condamnées qui grimacent en le voyant. Il répond d'un aimable bonjour. Il attache son cheval à un tronc flotté et échoué. Il s'approche timidement de la cabane d'Ismérie. Il ajuste sa tenue et passe la main dans ses cheveux. Au moment où il s'apprête à indiquer sa présence en toussotant, Ismérie écarte la toile faisant office de porte et se plante devant sa cahute. Elle l'attendait depuis l'aurore. Elle a les cheveux détachés et une mèche ondule sur une partie de son visage. Elle sourit et sa figure tout entière s'illumine. Elle invite le capitaine à s'asseoir sur un banc de fortune consolidé avec des rondins et des chutes de planches. Le militaire s'exécute. Elle passe devant lui et contourne la cabane. Elle revient quelques secondes plus tard avec une corbeille tissée dans laquelle elle a mis deux mangues bien mûres échangées la veille contre un petit travail de couture. Elle prend place à côté de Charles et lui tend un fruit. Il lui effleure la main en le récupérant. Un frisson lui irradie les doigts, le buste et descend jusqu'au bas des reins. Elle sent le duvet de ses bras se dresser. Il attrape un couteau dans sa poche de pantalon. Il l'ouvre et découpe deux belles tranches dans la mangue.

Il tend un morceau à Ismérie et met l'autre dans sa bouche. Un peu de suc s'échappe de la main du capitaine. Il découpe encore plusieurs parts et les pose à côté de lui. Il plante la lame dans une planche de bois. Il croque et laisse fondre le quartier de fruit sous sa langue. Il ne quitte pas Ismérie du regard. Elle mord le fragment de fruit et sent le jus emplir sa bouche avant de l'avaler d'un coup. Elle contemple Charles et se perd dans ses grands yeux. Ils ne parlent pas. Charles s'empare d'une autre tranche de mangue et l'approche directement de la bouche d'Ismérie. Elle se laisse faire et l'attrape avec les dents. Ses joues virent au rose et quelques gouttes de nectar se forment à la commissure de ses lèvres. Elle se relève et prend la main de Charles. Elle l'entraîne avec lui. Elle écarte le rideau et l'attire dans la cabane. Il pose lentement le fruit et suit Ismérie à l'intérieur. Ils se rapprochent et se collent l'un contre l'autre. Charles sent la poitrine et le cœur d'Ismérie s'enflammer. Celui du capitaine brûle déjà. Il balaie délicatement les mèches du visage d'Ismérie et embrasse en douceur ses lèvres. Elle se serre un peu plus contre son torse et entrouvre sa bouche pour répondre à son baiser. Elle ne respire plus et reste tout contre le capitaine. Elle fait un pas en arrière et elle se laisse tomber. Elle l'entraîne avec lui sur ce lit improvisé et inconfortable. Ils s'allongent sur quelques planches, une simple natte sur laquelle est posé un drap rapiécé.

Ismérie calme doucement les ardeurs de l'impétueux capitaine. Elle désire prendre son temps et savourer chaque moment. Il y a si longtemps qu'elle n'a pas fait l'amour qu'elle se trouve à la fois maladroite et troublée. Son corps frémit et sursaute quand les mains de Charles glissent sous son chemisier. Il cache sa figure dans le cou d'Ismérie. Il ne veut pas qu'elle puisse voir son visage hideux. Il l'embrasse avec empressement. Il respire fort. Il ose ses mains sous les habits d'Ismérie. Il sent le corps de la jeune femme se tendre. Il est impatient. Il est ébloui par la beauté d'Ismérie. Il devine qu'elle le retient. Il sort sa main de sous son vêtement pour lui caresser les cheveux. Il n'a jamais aimé que des marchandes de plaisir rencontrées dans les estaminets qui fleurissent non loin des casernements. Il s'allonge sur le côté pour ôter les boutons de son pantalon. Elle enlève son chemisier et accompagne les mains de Charles pour faire glisser son caleçon puis elle l'attire tout contre son cœur. Ils s'enlacent doucement et s'étreignent longtemps. Ismérie donne le rythme à Charles et contient son enthousiasme et sa fougue. Enfin, elle s'abandonne à lui. Les deux amants ne font plus qu'un. Dans la chaleur du matin calédonien, la cabane s'embrase. Il jaillit une lumière flamboyante qui enflamme toute la baie de Ngi. Ils s'aiment jusqu'au soir. Ils ne s'arrêtent que pour boire un peu d'eau fraîche dans laquelle Ismérie laisse tremper de la chair d'ananas ainsi que pour avaler des morceaux de mangue ou de papaye verte. La jeune femme obtient parfois les fruits des surveillants qui gardent l'entrée de la presqu'île. Les deux amants sortent de la cabane pour regarder le soleil diffus se perdre derrière l'horizon et teinter de rose les rares nuages effilochés égarés dans le ciel bleu pâle. Charles doit partir avant la nuit. Il promet à Ismérie de revenir demain. Elle voudrait qu'il reste. Elle rêve de s'enfuir avec lui. Il est décidé à quitter l'armée. Il pense même à l'enlever pour l'arracher à sa réclusion. Il récupère son cheval. Ismérie accompagne le capitaine et sa monture jusqu'au maquis situé de l'autre côté de la plage. Le jour baisse. Charles embrasse Ismérie et se hisse sur son coursier. Il s'éloigne au pas en admirant sa bien-aimée puis il ordonne à son cheval de hâter le pas et d'augmenter son allure. Ismérie regarde Charles disparaître dans un nuage de poussière. Elle retourne vers son abri en marchant à pas lent. Elle se sent vivante. Elle n'avait pas ressenti ça depuis longtemps. Elle soupire. Elle inspire profondément. Elle noue ses cheveux. Elle enfouit son nez dans un repli de son chemisier pour capter encore un peu de l'odeur de Charles le beau ; son amant. Lorsqu'elle retrouve sa cabane, il fait nuit. Elle s'allonge directement. Par la petite fenêtre, elle regarde un bout de ciel et les étoiles qui s'allument une à une. Elle laisse une larme naître au coin de son œil et glisser sur sa joue.

Le Voyage Inattendu du Capitaine Monjeau

Ce matin, le capitaine Monjeau est convoqué chez le gouverneur. Il a ciré ses bottes, changé de chemise et lustré les boutons de sa veste. Il attache son sabre et avale cul sec un verre de gin. La pluie tombe depuis le levé du jour. Les lourdes gouttes éclatent bruyamment sur les tôles du toit. L'allée et la rue sont transformées en une rivière de boue. Charles regrette déjà d'avoir passé une heure à frotter ses bottes. Il décroche la cape de pluie de la patère de l'entrée et la met sur ses épaules. Il reste un moment sous l'auvent à regarder le ciel gris griffé par l'averse et l'eau qui tombe en cascade depuis le toit. Un couple de perruches cornues s'abrite et jabote dans un jeune flamboyant majestueux aux grappes de fleurs rouge écarlate. Le capitaine sourit et se jette sous la pluie. Il remonte la rue à grands pas et en évitant du mieux qu'il peut les flaques. Il arrive vite devant le siège du gouvernement. Il salue les gardes retranchés dans une étroite guérite. Il grimpe les marches deux par deux. Sous la pergola, il retire sa cape et tape ses pieds. Il sort un mouchoir de sa poche pour nettoyer grossièrement le dessus et la bordure de ses bottes. Il pousse la double porte et accroche son vêtement trempé au portemanteau. Il fonce vers le secrétaire pour qu'il l'annonce au gouverneur. L'employé grimace en reconnaissant le visage du capitaine Monjeau puis il s'exécute. Quelques minutes plus tard, le militaire est accompagné jusqu'au cabinet du haut-commissaire.

Le capitaine Monjeau s'avance. Le colonel est assis derrière son bureau, le nez plongé dans une pile de documents. C'est un homme aux cheveux gris d'une soixantaine d'années. Il a le front ridé et bien dégagé. Des rouflaquettes blanches habillent ses joues et descendent jusqu'à l'arrière du menton. Il a des sourcils fournis et sévères sur des yeux noirs très légèrement en amandes. Sa bouche fermée et pincée lui a mangé presque toutes les lèvres. Plusieurs médailles rutilantes ornent sa poitrine. Il pose les documents et dévisage longuement Charles Monjeau.

— Capitaine Monjeau ! On se rencontre enfin. Je suis arrivé il y a presque deux mois et nous n'avons pas encore eu le temps de nous rencontrer face à face. Je vous connais bien, vous savez. J'ai combattu au côté de votre père sur tous les champs de bataille. Sacré Henri ! Un grand homme et un excellent soldat. N'est-ce pas ?
— Oui, mon colonel. Je... je n'ai pas beaucoup de nouvelle du Loiret. Nous sommes brouillés lui et moi.
— Oui. Je sais. Vos états de services ne sont pas ce qu'aurait pu espérer un homme de sa classe. Vous aviez un brillant avenir et votre mariage devait faire de vous un homme important... de ceux qui comptent. Et ce malgré votre infirmité... heu... je veux dire vos marques au visage. J'avoue que je ne comprends pas trop vos choix Monjeau. Bref ! J'ai une mission pour vous. Vous partez sur le champ pour Bourail. Une jolie promenade. N'est-ce pas ? Vous allez escorter ces familles

venues de France pour retrouver l'un des leurs condamné au bagne. Vous partez avec une dizaine d'hommes et deux Kanaks.

— Mais j'ai à faire ici. Je dois m'occuper des déportés de la presqu'île.

— Oui. J'ai entendu dire que vous vous dévouez corps et âmes pour aider ce ramassis de terroristes, de voleurs et de criminels. Votre place n'est pas là-bas ! Vous avez mieux à faire. Votre carrière Monjeau. Pensez à votre carrière. Ne vous frottez pas à tous ces déchets de la société. Ils n'ont que ce qu'ils méritent.

— Mais mon colonel, je...

— Ne pensez pas Monjeau ! Agissez et oubliez-les ! Ils ne sont plus rien. Le vicaire m'a rapporté des histoires sordides sur les déportés de Ducos. Certains s'adonnent à toutes sortes de vices. Mon prédécesseur a osé mélanger les hommes et les femmes. Un appel à la débauche et à la prostitution. Je vais changer ça ! Ce n'est pas la condamnée Michel qui m'en empêchera. Il paraît qu'elle a installé une école et qu'elle veut enseigner aux indigènes. Où va-t-on Monjeau, je vous le demande ? Ne vous approchez plus de cette engeance. Laissez cette vermine à sa place et... oubliez la femme Martin. Oui, Monjeau. Je sais tout.

— Mais mon colonel. Ce sont bien des femmes et des hommes.

— Plus maintenant, capitaine. La France n'en veut plus. Utilisons-les pour défricher et peupler cette terre. Nous sommes en mission Monjeau. En mission. Allez. Nous avons du travail. Prenez ce document.

Le colonel tend la lettre de mission au capitaine Monjeau. Il se lève, claque les talons et tourne le dos à Charles. La discussion est close. Il s'approche de la fenêtre et entrouvre les persiennes. Il serre les poings et les met derrière lui. Charles est perdu. Il a pris un coup sur la tête. Il a la gorge sèche. Il songe aussitôt à Ismérie. Il cherche ce goût de mangue. Il respire l'odeur de sa peau et celle de ses cheveux noirs et ondulés. Il s'avance vers la porte machinalement et les bras ballants. Il tient son ordre à la main. Il ne peut pas partir. Il n'imagine pas s'éloigner d'Ismérie. Il voudrait tout abandonner. Il pense renoncer. Il n'a qu'à se retourner et revenir devant le bureau du colonel pour mettre fin à tout ça, mais il n'y arrive pas. En refermant la porte derrière lui, il se jure que c'est bien la dernière fois. Quand il rentrera dans quelques semaines, c'est promis, il trouvera le courage de plaquer cette vie qui n'est pas la sienne.

Charles Monjeau récupère son cheval et descend jusqu'à l'embarcadère. Il retrouve les dix soldats et les deux Kanaks. Le capitaine salue ses hommes et s'enquiert des familles à accompagner. Elles sont rassemblées avec toutes leurs affaires près d'un bouquet de palmiers. Elles se protègent du soleil mordant qui a chassé la pluie du matin. Elles sont perdues. Les enfants se blottissent dans les jupons de leur mère. Les femmes jettent autour d'elles des regards inquiets. Elles viennent juste de débarquer et attendent patiemment. La longue traversée a laissé des traces et les corps sont éprouvés. L'odeur de l'océan flotte dans l'air. Le capitaine s'approche des familles et s'emploie à rassurer les nouveaux arrivants. En découvrant la figure disgracieuse du militaire, les enfants se cachent et la terreur se lit sur les visages blêmes et creusés de leurs mères. Le capitaine Monjeau n'insiste pas et fait distribuer de l'eau et de la nourriture, puis inspecte le contenu des chariots et vérifie le matériel. Le convoi empruntera la route coloniale numéro un et doit être au camp Brun dans trois jours. D'après le calcul du capitaine, la première étape devrait être du côté de Païta. Charles ordonne le chargement des chariots avec tout l'équipement. Lorsque l'opération est terminée, il répartit et surveille la montée des familles.

Lorsque la caravane s'ébranle, un groupe de bagnards enchaînés, en tenue blanche et chapeau, s'approche. Le chef des gardiens se plante devant le cheval du capitaine Monjeau. Charles met pied à terre et s'avance vers l'homme au visage rougi. Il est petit et replet. Il éructe d'un coup, avec une odeur de reginglard, une succession de mots qui se bousculent dans sa bouche. Le capitaine retient sa respiration et comprend vite que ce groupe d'hommes se joint au cortège. Il est furieux. Il fait placer derrière la colonne de prisonniers et les garde-chiourmes. Le chef grommèle, mais s'exécute. Il passe ses nerfs sur les bagnards à coups de canne. Les condamnés, reliés deux à deux par une chaîne courte, se rangent rapidement en piétinant. Ils soulèvent un nuage de poussière et génèrent un bruit métallique fracassant. Le capitaine Monjeau laisse son cheval et se porte à l'arrière. Il ordonne au gardien-chef de libérer les hommes de leur entrave, car il ne peut pas se permettre le moindre retard et les prisonniers ne peuvent pas bien marcher avec les pieds attachés. Il constate que certains d'entre eux ont déjà les chevilles en sang ;

rongées par les fers. Le gardien peste encore derrière sa moustache, mais il fait ôter les chaînes et les jette à l'arrière d'une charrette. Quand le cortège est enfin prêt, le capitaine grimpe sur sa monture et donne le signal du départ.

Près de la presqu'île de Ducos, Charles a un pincement à l'âme et mal au ventre. Il se dresse sur son cheval et regarde la mer et les collines arides. Il voudrait être avec Ismérie. Elle lui manque. Il aimerait tant que leurs poitrines battent encore l'une contre l'autre. Il désire l'apercevoir rien qu'une fois et emmener avec lui son visage éclatant. Le cœur lourd, il se rassoit sur sa selle. Il ne l'a pas vu. Il arrête son cheval et laisse passer le convoi devant lui. Il fait chaud et le vent balaie la plaine. Un voile de brume recouvre les sommets verdoyants qui la ceinture. La route est sèche et poussiéreuse. La piste rétrécie et le cortège empruntent le col de Thongoué en abandonnant à l'est le pic Malaoui qui domine Nouméa et son lagon. Il se dresse fièrement et sa longue traîne de végétation descend jusqu'en plaine. Charles remarque qu'aujourd'hui il a perdu son chapeau de nuages et révèle son pic coiffé d'une flore serrée d'un vert profond.

Le capitaine Monjeau impose un arrêt après les premières maisons et le passage de la rivière Dumbéa ; Tô Béa. Le pont provisoire a été réparé et consolidé plusieurs fois. Il doit prochainement être complètement reconstruit. Charles fait distribuer de l'eau aux familles et aux bagnards. Un autre groupe de prisonniers croise leur chemin. Les hommes enchaînés sont en route pour des défrichements vers le village de Nondoue aux pieds des montagnes. Ils sont encadrés par une poignée de gardiens. Deux géomètres et un géologue les accompagnent. Ils prospectent la Nouvelle-Calédonie depuis près de dix ans. Charles Monjeau les a rencontrés plusieurs fois dans un cercle de notables à Nouméa. Le convoi repart sous un ciel bleu azur dans lequel de gros nuages blancs s'attardent. Il fait encore très chaud. De part et d'autre de la route empierrée, des colons se sont approprié les terres les plus riches et cultivent des champs dans lesquels subsistent des niaoulis à l'écorce clairs. Les tribus kanakes n'ont pas eu d'autres choix que de se replier aux pieds des montagnes dans le fond des vallées. Maintenant la piste serpente entre les collines.

Le gardien en manque de boisson alcoolisée s'énerve sur les bagnards et distribue des coups de pied et des coups de bâtons. Le capitaine Monjeau est obligé d'intervenir plusieurs fois pour le calmer. Il finit par lui trouver une place à l'arrière d'un chariot. Il y terminera le trajet en ronflant comme un sonneur et donnera un peu de répit aux prisonniers. Après le col de Katiramona, non loin de Gadji, la route descend vers la mer et longe une mangrove dense jusqu'au village de Païta. Les hommes et les animaux sont fatigués, mais le capitaine Monjeau mène finalement le convoi à côté de Port Laguerre. Il distribue ses ordres et un campement est improvisé à proximité du chemin. Les familles sont exténuées et paraissent désemparées sur cette terre du bout du monde. Le capitaine tente de les rassurer et les aide comme il peut. Les bagnards sont parqués à l'écart par le gardien énervé qui a retrouvé toute sa hargne. Il fait remettre les fers aux prisonniers.

Dans le soleil couchant, les nuages passent du blanc au gris et s'agrègent petit à petit. Bientôt l'astre rougi disparaît derrière cet amoncellement lourd et épais. L'air se charge d'humidité et tout devient moite. Charles lance le déploiement des toiles qu'il attache lui-même au chariot et sous lesquelles les familles peuvent s'abriter. La nuit tombe d'un coup et avec elle le vent se met à souffler et crache une pluie chaude et dense. Les bâches claquent. Les prisonniers enchaînés trouvent refuge dans une fragile cabane de bois qui ne demande qu'à se laisser emporter par les bourrasques. Ils se protègent comme ils peuvent en se serrant les uns contre les autres. Le capitaine Monjeau veille sur les familles et s'accroche aux toiles. L'eau mouille ses cheveux et ruisselle sur sa figure. Dans la lueur du feu de camp qui s'efforce de résister à la pluie, le visage de Charles devient beau et ensoleille un instant le bivouac. Les gouttes coulent dans son cou et s'infiltrent sous ses vêtements. Il est trempé en quelques minutes. Les familles s'enveloppent dans des couvertures et pensent encore aux humeurs des océans et des mers qui les ont conduites jusqu'ici. Vers le milieu de la nuit, la pluie cesse et le ciel nettoyé s'illumine. Le capitaine lève les yeux et songe à Ismérie. Il fait rallumer le feu et veille sur les familles presque endormies. Le lendemain, l'air est frais et les nuages sont revenus. La piste est trempée. La boue a remplacé la poussière. Le convoi groggy repart tout doucement. Seul, le gendarme irascible déchire le silence en aboyant sur les condamnés qui piétinent et secouent leurs chaînes.

Le soleil et le beau temps se lèvent au milieu du deuxième jour et accompagnent le cortège jusqu'à

Bourail. L'unique incident notable du périple a lieu juste après le village de la Foa. Dans la nuit, deux bagnards s'échappent et se sauvent vers les montagnes. Le gardien-chef, plus énervé que jamais, vocifère et crie en faisant tournoyer sa canne dans tous les sens. Le capitaine Monjeau autorise les deux Kanaks et deux surveillants à poursuivre les deux fuyards. Le convoi attend leur retour. Ce n'est que le soir venu que les évadés sont ramenés. Leurs vêtements sont en lambeaux et l'un des deux est blessé au bras. Il saigne abondamment. Le capitaine Monjeau intervient avant que le chef des gardiens ne les batte à mort. Il s'énerve encore plus et manque de frapper Charles à son tour. Il arrête son geste juste à temps et termine sa colère sur les autres gardes. Il avale d'un coup tout le reste de sa fiole d'eau-de-vie qu'un « *libéré* » lui fabrique clandestinement à partir de fruits pourris.

Le matin du septième jour, le convoi approche de Bourail. Le capitaine est soulagé et ne songe qu'à une chose. Il veut repartir au plus tôt et retrouver Ismérie. Il accompagne les familles au couvent des femmes. Il laisse s'en aller sans regret le gardien, mais il ne peut s'empêcher de penser au sort peu enviable des bagnards abandonnés à sa surveillance qui doivent rejoindre le centre disciplinaire de Canala. Il fait un rapport méticuleux au bureau de l'administration pénitentiaire. Il est trop tard pour repartir vers Nouméa. Il s'octroie un peu de temps libre. Il attache son cheval près du couvent puis avec les deux Kanaks qui l'accompagnent, il suit la rivière Néra jusqu'à la mer et la baie des tortues. Il découvre un paysage magnifique et magique. Il n'a jamais rien vu d'aussi beau. Les montagnes laissent glisser le bas de leur robe végétale le long de l'océan cristallin aux reflets vert émeraude. Une élégante langue de sable dessine un arc de cercle juste devant le triangle de mangrove dans lequel viennent se perdre les eaux du fleuve. Des rochers de quartz sculptés par les vagues revêtent des apparences familières. Un prend même la forme d'un visage et ose s'avancer dans les flots. Charles hésite à s'approcher de ces monolithes empreints de légendes que racontent les guides kanaks. La marée est basse et ils se posent tous les trois au milieu de la longue plage qui obstrue l'embouchure du fleuve et l'oblige à se contorsionner pour s'échapper vers l'océan. Le capitaine Monjeau ôte sa veste d'uniforme et laisse le soleil et le sel lui mordiller la peau du visage. Les deux Kanaks sont de la tribu de Moméa situé non loin de Moindou et de La Foa. Ils racontent qu'ils ont vu débarquer un jour l'administration accompagnée de l'armée qui a confisqué leurs terres pour étendre le domaine pénitentiaire autour de Bourail et de La Foa. Quelques terrains agricoles furent même distribués aux colons sur toute la bordure ouest de l'île depuis Nouméa jusqu'après Koné et Pouembout. Un décret récent de dix-huit-cent-soixante-quatorze contraint les peuples kanaks à se soumettre au régime de l'indigénat qui les prive de la liberté d'utiliser la terre. Ils perdent également leurs droits politiques et doivent payer l'impôt. Le père et le fils ont été réquisitionnés. Ils n'ont pas eu le choix. C'est même le gouverneur qui a nommé leur chef.

    Awida, le père, est légèrement plus grand que le capitaine Monjeau. Il porte la chemise et le pantalon de toile fournis par l'administration sur laquelle il a ajouté un tissu coloré peint de feuilles de tiaré. Ses manches sont relevées et deux bijoux enserrent ses biceps. Il a un visage fin, le regard dur et des yeux inquiets. Il a la peau d'un brun profond aux reflets cuivrés. Une cicatrice à la teinte légèrement plus claire descend de la commissure des lèvres sur sa joue et remonte un peu vers son oreille gauche. Un bandeau de tissu jaune et rouge retient ses cheveux épais et frisés. Son fils, Moé, est plus petit que lui. Il a les yeux clairs et une peau brillante. Il ne parle pas beaucoup, mais de temps en temps une bouche aux contours en arc de cupidon sourit et découvre de belles dents blanches. Ses cheveux sont courts. Il est habillé d'un pantalon de toile, mais a le torse nu. Les deux hommes portent à la taille une massue en bois de fer et un sac tissé en bandoulière. Ils ne lâchent jamais leur lance en bois sculptée. Ils vont pieds nus. Charles est ravi de converser avec eux. Il pose des dizaines de questions. Il veut tout savoir sur la vie de la tribu et les coutumes. Les échanges déclenchent fréquemment des fous rires quand se dresse la barrière de la langue. Le capitaine s'initie au verbe maternel des deux hommes. Eux ont appris, malgré eux, les rudiments du français enseigné par un missionnaire de La Foa. Les deux Kanaks ne sont pas effrayés ou intimidés par le faciès disgracieux.

  Ils partagent un déjeuner préparé par Awida et Moé à base de poisson grillé et de fruits. Charles Monjeau est initié à la pêche à pied. Awida apprend au capitaine à repérer le poisson dans les eaux peu profondes et à jeter la lance au moment opportun. Après une dizaine de tentatives et une baignade forcée, Charles est fier de brandir un mulet de bonne taille. Awida lève les mains vers le ciel et Moé dresse un coin de sa lèvre, mais ses yeux s'illuminent. Charles pense à Ismérie. Il aimerait tant la serrer contre son cœur et lui présenter ses amis. Awida plonge une main dans son sac et sort une lame fine et aiguisée. Il montre à Charles comment préparer le poisson correctement avant de le diviser en filets épais et les poser au-dessus des flammes. Pendant ce temps-là, Moé s'éloigne de la plage à la recherche de feuilles larges. Il s'enfonce dans les bois situés entre le fleuve et l'océan. Il ne lui faut pas longtemps pour ramasser de belles palmes. Il les découpe et les ourdit avec dextérité pour former trois barquettes. Il les pose sur un ample tissu installé sur le sable. Il sort de son sac un couteau à lame épaisse et deux papayes vertes qu'il râpe assez finement au-dessus des récipients. Awida embroche les poissons sur des baguettes de bois écorcées puis il les plante à proximité du feu crépitant en s'assurant que les flammes ne viennent pas brûler la chair blanche. Lorsqu'Awida juge que les poissons sont cuits, il les émiette dans les bols improvisés. Il tend le premier à son fils puis donne le second au capitaine Monjeau et récupère le sien. Ils mangent en silence en regardant l'océan glisser et se confondre avec l'horizon. Dans la baie, le temps semble s'être arrêté. Sur la longue plage, ils sont les rois du monde. Non loin d'eux, un couple de tricots rayés ondule lentement sur le sable en dessinant d'élégantes courbes.

Vers le soir, le trio quitte le littoral à regret et remonte vers Bourail. Il retrouve rapidement la piste et arrive au village juste avant que le jour ne tombe. Le capitaine invite Awida et Moé à l'accompagner jusqu'au couvent pour y passer la nuit. Les deux hommes refusent gentiment. N'étant pas les bienvenus chez les religieuses qui les considèrent comme des sauvages, ils aiment mieux bivouaquer au bord de la rivière. Charles n'hésite pas longtemps et préfère suivre, avec leur accord, les deux Kanaks. Le capitaine Monjeau récupère son cheval et un sac de vivres. Awida et Moé sont heureux d'accueillir le capitaine. Ils trouvent refuge sur un espace herbeux en pourtour de rive et à quelques encablures du fleuve. Ils installent leur campement entre trois palmiers. Ils aperçoivent les ondes du cours d'eau et peuvent y accéder facilement en empruntant un couloir d'hibiscus à fleurs jaunes. Cette fois c'est Charles qui partage son repas avec les Kanaks. Ceux-ci grimacent en mâchant avec difficulté, un pain de blé noir compact et dur. Ils préfèrent les tranches fines de viandes séchées et salées. Finalement, Moé épluche et éclate des noix de coco. Il donne d'abord au capitaine une noix fraîche pour l'eau de coco et la gélatine. Cette fois encore c'est Charles qui découvre de nouvelle saveur. Il avale avec plaisir l'eau, mais il n'insiste pas sur la substance visqueuse et épaisse qui tapisse le fond de la noix. Moé découpe et tend au capitaine des morceaux de noix de coco sèche. Charles n'arrive plus à s'arrêter. Ils ne parlent pas beaucoup, mais rient ensemble jusqu'à ce que la lune en berceau légèrement voilée monte dans le ciel et prenne place au-dessus de leur tête. Un rayon de lumière astrale vient se baigner dans l'eau claire du fleuve qui scintille dans la nuit.

Les Ombres de la Colonisation

Le lendemain, dès l'aube, les trois hommes sont réveillés par le jacassement ininterrompu d'un couple de merle. Sans plus attendre, ils reprennent leur chemin. Le capitaine Monjeau tire le licol de son cheval. Il préfère marcher à côté d'Awida et Moé. Les Kanaks quittent la piste coloniale pour bifurquer vers un sentier qui remonte la rivière de Boghen. La vallée est assez large. Les anciennes cultures d'igname et de taro occupent la majorité des terres fertiles qui bordent le cours d'eau. Des colons habitent déjà les espaces les plus riches. Avant de rentrer à Nouméa, Awida et Moé veulent voir leur vieux village de Moméa maintenant rattaché au domaine de la pénitentiaire. Avec l'accord d'Awida, Charles Monjeau décide de les accompagner. Ils laissent la rivière pour suivre le ruisseau de Wé Né Yâmbu jusqu'au col de Boghen. La végétation est plus sèche et rabougrie. Après le passage, ils descendent dans une large plaine ou convergent de nombreux ruisselets qui, en cette saison humide, coulent suffisamment. Les trois hommes marchent d'un bon pas dans cette savane aux herbes hautes peuplées de niaoulis puis ils gagnent le col de Moméa et empruntent un sentier de crête qui les conduit au village. Il est désert. Les cases sont vides. Le silence enveloppe tout. Seule une brise délicate et tiède monte de la baie de Moindou. Elle fait bruire les frondes des palmiers. Le capitaine Monjeau se met en retrait et laisse Awida et son fils se recueillir et s'imprégner de l'énergie du lieu. Ils s'assoient au milieu du village et regardent l'océan au loin. Charles prend en plein visage la brutale réalité des effets de la colonisation. Il s'en veut. Il souhaiterait les aider, mais il est démuni. Moé brise le silence pesant en entonnant un chant traditionnel kanak.

Après cela, les trois hommes descendent vers le village de Moindou. Awida et Moé ne parlent pas. Le capitaine Monjeau respecte le mutisme des deux hommes et s'approche de la tête de son cheval. Il colle son front contre le chanfrein de l'animal. Celui-ci dresse les oreilles, souffle bruyamment et tape un sabot sur la terre sèche couleur rouille. Ils bivouaquent après La Foa. Le soleil disparaît derrière une épaisse couverture nuageuse. La pluie se met à tomber. La bruine se transforme vite en un déluge d'eau de plus en plus froide. Elle ne s'arrête que deux jours plus tard. Par chance les trois hommes rattrapent un convoi de vivres à Bouloupari. Il avance vers Nouméa. Le capitaine Monjeau n'est pas mécontent de pouvoir s'abriter dans la voiture à cheval d'un riche commerçant. Il doit négocier âprement avec lui pour qu'Awida et son fils puissent monter dans un chariot bâché. Face au visage repoussant du capitaine Monjeau et en grommelant, il finit par accepter. Le convoi se met en route. Après plusieurs heures de trajet, Charles est saoulé par le bavardage ininterrompu de son hôte. Il somnole.

Au moment de franchir la rivière Dumbéa, une troupe de militaires stoppe le transport. Le capitaine Monjeau se réveille en sursaut. Il saute de la voiture et rectifie sa tenue. Il s'avance au-devant des soldats. Les hommes surpris se mettent au garde-à-vous. Le plus gradé d'entre eux explique au capitaine que trois forçats se sont échappés et qu'ils ont pour consigne de fouiller partout. Il tend son ordre de mission au capitaine Monjeau. L'ordre indique que tous les pisteurs kanaks sont appelés et doivent participer aux recherches. Le document précise même la prime substantielle accordée aux autochtones qui ramèneraient les fuyards « *morts ou vivants* ».

Charles donne une chaleureuse accolade à Awida et à son fils Moé. Ils les regardent s'éloigner avec les hommes de troupe et partir à la recherche des fugitifs. Il vérifie les sangles de la selle de son cheval puis il met un pied à l'étrier et saisit le pommeau. Il se hisse sur le dos de l'animal, remercie et salue le commerçant puis s'en va au galop vers la presqu'île de Ducos où l'attend Ismérie. Le ciel est toujours de couleur cendre et il fait frais. Le capitaine Monjeau s'en moque. Il aperçoit les collines de Nouméa. Il fonce. Il est impatient. Il ne ménage pas sa monture. Il ne ralentit qu'à hauteur de la baie de Koutio-Koutéa lorsqu'il voit la mangrove qui borde la presqu'île. Le poste de garde de la passerelle est occupé par des militaires que le capitaine Monjeau ne reconnaît pas. Ils sont beaucoup plus nombreux qu'à l'accoutumée. Les hommes en armes ont un mouvement de recul en découvrant le visage du capitaine. Ils le saluent malgré tout. Charles descend de son cheval et s'avance vers eux. Il se présente et tire sa monture vers la barrière.

— Capitaine. Personne n'est autorisé à entrer dans la zone.
— Comment-ça « *personne n'est autorisé* » ? Je suis le capitaine Monjeau et vous ne pouvez pas m'interdire d'entrer.

— Capitaine. Ce sont les ordres du gouverneur. Personne ne rentre ici sans son autorisation. Je suis désolé.
— Désolé ! Vous êtes désolé et moi je suis votre supérieur. Laissez-moi passer ou je ferai en sorte de vous envoyer dans les terres du nord.
— Mais...
— Soldat ! Il n'y a pas de « *mais* ». Je dois passer.
— Cap... Capitaine. Il a dit que vous diriez ça.
— Comment ? Qui a dit ça ?
— Le... le gouverneur lui-même capitaine. Je n'y suis pour rien.
— Ah ! C'est comme ça. Je reviens d'une expédition de plus de dix jours et vous ne m'arrêterez pas.

Le plus gradé effectue un geste de la main et quatre soldats se pressent devant la barrière. Ils laissent glisser la sangle de leur fusil. Ils empoignent leurs armes à pleine main et hésitent au moment de braquer les canons vers le capitaine. Ils regardent vers leur chef qui fait un hochement de tête. Charles Monjeau a la gorge sèche. Il a du mal à déglutir. Les battements de son cœur s'emballent. Il porte la main à la poignée de son sabre puis il se ravise. Il prend son élan et saute sur son cheval avant que les soldats puissent faire feu. Il lance sa monture sur les sentinelles postées devant la barrière. Les militaires s'écartent brusquement et tombent dans la poussière. Le cheval franchit l'obstacle en touchant la barricade avec les sabots de ses pattes arrière. Le capitaine disparaît rapidement. Les gardes se relèvent et le chef hausse les épaules. Il ne poursuivra pas le capitaine. Il fera juste son rapport. Les hommes ôtent la saleté de leurs uniformes et remettent les armes aux pieds. Ils sont soulagés de ne pas avoir fait feu sur le capitaine.

Le capitaine passe les baraques de Ducos sans ralentir. Il mène son cheval à bride abattue. Il ne voit pas les cendres encore fumantes de deux anciennes cabanes. Quand il arrive à Numbo, il se relève et tire avec force sur les rênes de son cheval. Celui-ci fait une embardée et secoue la tête. Mécontent, il rue violemment. Le capitaine Monjeau évite de justesse la chute. Le cheval pousse un bref hennissement avant de s'arrêter. Charles saute, descend de sa monture et tapote la joue de l'animal. Du camp des condamnés, il ne reste presque rien. Les abris et les cases sont tous détruits et calcinés. Le sol est jonché de vêtements en lambeaux et des débris des maigres affaires des détenus. Charles est horrifié. Un silence assourdissant, tout juste interrompu par le mouvement des vagues du fond de la baie, enveloppe les lieux. Des volutes de fumée montent vers le ciel gris. Charles se sent envahi par une prégnante et collante odeur de brûlé. Il continue son chemin dans le maquis qui le sépare de la baie Ngi. Plus il avance, plus ses forces l'abandonnent. Il chancèle. Il s'accroche à son cheval et tient comme il peut le pommeau de la selle. Il appuie son visage contre l'encolure du cheval pour traverser l'étroit rideau boisé qui l'isole de la plage. Il retient son souffle puis il s'effondre dans le sable blanc.

La plage est déserte. Elle est couverte de débris. Les cabanes n'existent plus. Ismérie n'est plus là. Il n'y a plus rien et ce n'est pas l'œuvre d'un cyclone. Charles se relève et fonce tout droit sur l'emplacement de la case de sa bien-aimée. Des fumeroles s'échappent encore des planches calcinées. De la pointe de son sabre, Charles récupère un morceau d'étoffe ; un fragment d'une des deux seules robes d'Ismérie que les flammes n'ont pas dévorées. Le capitaine s'agenouille et plonge son visage dans le tissu. Il y cherche l'odeur de sa reine. Il respire à fond. Il se met à pleurer et ses larmes trempent la pièce de lin. Il enrage. Il serre les poings. Il s'en veut d'avoir laissé seule Ismérie. Il lève la tête. Les nuages gris et épais se déchirent, s'effilochent et disparaissent pour découvrir un ciel bleu azur que le soleil bas illumine. Charles s'appuie sur son sabre et se relève. Il repère et suit des traces de pas qui le conduisent jusqu'à la mer. Le canot de surveillance n'est plus là. Le capitaine longe la plage à la recherche d'autres signes. Il ne trouve rien. À proximité de la colline de Koumourou, il remarque deux monticules de terre fraîchement remuée. Les tombes de détenus creusées et recouvertes urgemment. Le capitaine attache la pièce de tissu à sa ceinture et traverse la baie d'un pas rapide. Il récupère son cheval et repart sans attendre vers Nouméa et la maison du gouverneur.

  Le capitaine s'arrête dans le village de Ducos. Il fait une entrée fracassante dans le dispensaire. Il prend, en pleine figure, une bouffée de chaleur étouffante. Elle s'accompagne d'une odeur forte de sueur, de sang et d'éther sulfurique. Le médecin ne prête pas attention à lui et continue à s'occuper des blessés et des malades qui encombrent tout le bâtiment. Charles retrouve son calme et referme doucement les portes. Des prisonniers sont allongés à même le sol. Des râles et des toux résonnent tout autour du capitaine. Il enjambe les corps et s'approche du praticien. Il chuchote.

— Docteur ? Mais Bon Dieu, que s'est-il passé ici ?
— Capitaine. Allez demander ça à votre ami le gouverneur.
— Mais... mais ce n'est pas mon ami. Vous le savez bien.
— Monjeau. Je plaisante. Du moins j'essaie... j'essaie.
— ... et... Ismérie. Heu... je veux dire la dame Martin. Savez-vous où elle est ?
— Ils ont débarqué en pleine nuit. Il y a deux jours. Peut-être trois. Je ne sais plus. Un groupe de militaires est venu par la mer et une autre colonne de soldats par la terre. Monjeau. Une évasion a eu lieu. Trois déportés se sont échappés et le gouverneur fait tout pour les retrouver. Il en a profité pour séparer les femmes et les hommes sur cette foutue presqu'île. Il... il a tout fouillé et tout détruit. Il n'a laissé debout que les baraques de Ducos et ce bâtiment.
— Et les femmes. Où sont-elles ?
— Je n'en sais rien. Capitaine. Il y a eu des morts. Certains pauvres bougres ne survivront pas. Je manque de tout. Foutu pays !
— Mais... savez-vous où il a conduit les prisonnières ?
— Non. Je n'en sais rien. Des détenus parlent d'un bateau et j'ai vu passer des chariots bâchés. Monjeau. Maintenant que vous êtes-là, pouvez-vous m'aider à soigner ces hommes ?

— Je... je dois la retrouver. Je... bon c'est d'accord. Je vous aide un moment. Docteur. Dites-moi ce que je dois faire.

Jusqu'au soir, le capitaine fait de son mieux pour aider le médecin militaire à panser les blessures et soulager la souffrance des condamnés. Aux plus valides il tente sa chance et demande des nouvelles d'Ismérie. Dans la confusion et la violence de l'intrusion des hommes du gouverneur, peu se souviennent. Ils sont encore sous le choc et tiennent des propos incohérents.

Sous la coursive, Charles respire à fond. Les alizés viennent caresser ses joues avec douceur. Le médecin le rejoint en apportant une bouteille de whisky australien et deux verres. Il les pose sur la rambarde de bois et arrache le bouchon de liège avec ses dents. Il remplit généreusement les verres puis il remet le bouchon et glisse le flacon dans une des poches de sa blouse. Il tend un verre au capitaine Monjeau.

— Trinquons, Monjeau !
— Volontiers, docteur. On en a bien besoin.
— Tout allait bien avant ça. Je ne comprends pas la fureur du gouverneur. Tout ça pour des évadés. C'est un prétexte. Voilà tout. Il ne supportait pas que les « *blindés* » fasse ce qu'ils veulent sur cette terre de rien. Il voulait surtout séparer les femmes des hommes.
— Oui. Il me l'a fait remarquer avant que je ne parte pour Bourail. Mais qu'a-t-il fait des femmes ? Où les a-t-il emmenées ? Je dois absolument la retrouver. Je file de ce pas à

Nouméa. Je vais chez le gouverneur. Merci pour le verre. Bon courage à vous.
— Merci capitaine. Faites attention à vous. Méfiez-vous du gouverneur.

Charles avale le verre d'un trait et remet les bretelles de son pantalon. Il enfile sa veste d'uniforme et rattache son sabre. Il remonte sur son cheval et quitte le village par la piste qui longe le marais et la mangrove. Le temps qu'il arrive au poste de garde, la nuit a tout enveloppé et chassé les quelques nuages qui s'attardaient encore dans le ciel. Un croissant de lune comme suspendu aux étoiles par des fils invisibles, jette sa lumière sur la piste et inonde les frondaisons de la forêt littorale. Le capitaine ralentit le pas du cheval au passage de la barrière. Il salue les sentinelles de faction, mais il ne s'arrête pas. Il part au galop jusqu'à l'anse du Tir.

Le capitaine conduit son cheval jusqu'aux boxes. Il défait les sangles et laisse glisser la selle. Il ôte le licol et le mors puis il prend le temps de brosser son compagnon de route. Il s'assure qu'il ait suffisamment d'eau et de fourrage puis il regagne sa maison. Il se désaltère puis il effectue une toilette rapide. Devant le miroir de l'entrée, il rectifie sa tenue et passe tous les boutons de sa veste. Il ferme la porte et remonte en hâtant le pas la rue jusqu'à la maison du gouverneur.

L'auvent de la grande maison au bardage blanc est éclairé et trois sentinelles montent la garde. Les hommes sont sur le qui-vive. Ils reçoivent le capitaine les armes à la main. Quand le visage particulier du capitaine Monjeau avance dans la lumière, les militaires se mettent au garde-à-vous. L'un d'eux accompagne le capitaine jusqu'à la porte d'entrée. Il règne dans la maison une agitation inhabituelle. Charles s'introduit dans le vestibule et patiente un moment. Il perçoit depuis le bureau du gouverneur des éclats de voix. Il s'approche. Il s'apprête à annoncer son arrivée en frappant à la porte, lorsque celle-ci s'ouvre d'un coup et projette le capitaine en pleine lumière. L'assemblée tout entière dévisage l'homme à la figure repoussante.

— Capitaine ! Capitaine Monjeau ! Vous êtes là. Nous vous attendions plus tôt. Vous avez flâné en route ? Entrez. Entrez.
— Je... Mon colonel. Je...
— Oui. Bien. Bien. Nous n'avons pas de temps à perdre. Il faut retrouver les fugitifs au plus vite. Je ne veux pas qu'ils puissent s'échapper. Vous me comprenez bien. Je ne veux pas qu'on se souvienne de mon mandat comme celui qui a laissé fuir trois condamnés. Vous m'entendez tous ! Bien. Alors au travail ! Employez tous les moyens nécessaires, mais ramenez-moi ces hommes pieds et poings liés au lever du jour.

Tous les militaires et les gendarmes quittent la pièce. Le capitaine Monjeau s'écarte pour les laisser passer. Le gouverneur passe derrière son bureau d'acajou couvert de papiers et de cartes. Il s'approche de la fenêtre aux persiennes baissées. Il passe ses mains dans le dos et serre les poings. Le capitaine Monjeau s'avance en se raclant légèrement la gorge. Le gouverneur se retourne surpris.

— Vous êtes encore là ? Ha. Oui. Monjeau. Que voulez-vous ?
— Je suis passé au camp de Ducos en rentrant et...
— Vous avez vu Monjeau. J'ai remis un peu d'ordre dans tout ce foutoir. N'est-ce pas ?
— Mais... mais tous ces blessés. Comment justifier toutes ces victimes ?
— Monjeau ! Pas de sentimentalisme. La guerre c'est la guerre ! Ils n'ont que ce qu'il mérite après tout. Ce ne sont que des condamnés et je fais ce qui est juste. Non, mais ! Vous avez vu ce bordel à ciel ouvert ?
— Mais... mon colonel. Sauf votre respect. De quelle guerre parlez-vous ? Ces femmes et ces hommes ont été condamnés. Ce sont des déportés. Ils aspirent juste à purger leur peine.
— La guerre Monjeau ! Oui ! la guerre contre tous ces communistes dégénérés. Leur peine, ce n'est pas assez ! Ils ne sont pas ici au Meurice ! Vous comprenez Monjeau ? La France ne veut plus de ces rebuts et je compte bien le leur faire comprendre tous les jours que Dieu fait.
— Colonel ? Et les femmes ? Qu'avez-vous fait des prisonnières ?
— Monjeau ! Elles sont maintenant à leur place. Quatre d'entre elles sont enfermées temporairement à l'île Nou et partiront pour un long moment au couvent de Bourail. Les autres naviguent en ce moment même pour l'île des Pins.
— Et... et Ismérie ? Ismérie Martin ?
— Monjeau ! Je ne suis pas tenu de vous le dire. Vous n'avez pas à vous corrompre avec les

prisonniers. Je pourrais vous faire arrêter pour ça. Vous le savez ? Je ne l'ai pas fait eu égard à votre illustre père, mais n'abusez pas de ma faiblesse et de mon cœur d'homme. Je veux...
— Colonel ! Vous devez me le dire ! Je veux savoir ou vous l'avez envoyée. Je suis prêt à tout pour la retrouver.
— Monjeau ! Vous dépassez les bornes. Vous m'interrompez et vous exigez ! Vous outrepassez vos droits. Restez à votre place ou je vous ferai arrêter sur le champ.

Charles a la tête qui va exploser. Il bout intérieurement. Il transpire. Il tremble. La couleur de sa peau prend la même teinte que la tâche qui lui barre tout le visage. Il met la main sur la poignée de son sabre et le sort du fourreau. Dans un geste de colère et avec une force incroyable, il renverse le bureau. Il s'approche du gouverneur et lève sa lame jusqu'à la hauteur du menton.

— Gouverneur ! Colonel ! Je vous le demande une dernière fois. Qu'avez-vous fait de la femme Martin ? Je ne reculerai pas. Je dois la retrouver.
— Monjeau ! Charles ! Vous êtes devenu fou. Vous menacez un gouverneur. Vous seriez prêt à tout perdre pour cette femme ? Vous ne vous en tirerez pas comme ça.
— Je vous le demande une dernière fois. Où est-elle ? Je n'hésiterai pas à enfoncer cette lame dans votre ventre de notable.
— Mais... je... je... d'accord. Je vais vous le dire, mais baisser ce sabre. Vous voulez bien ?

Charles a l'air d'un fou. Il a les yeux exorbités. Ces mains tremblent. Il doit savoir. Il baisse légèrement son arme puis reçoit un coup violent à l'arrière de la tête. Il perd l'équilibre et lâche son sabre. Les lumières dansent devant ses yeux et il s'écroule inconscient sur le tapis jonché de papiers. Le gouverneur sort un mouchoir blanc de sa poche et s'éponge le front. Il se redresse fièrement.

— Vous en avez mis du temps ! Il a bien failli me tuer ! Il est devenu fou. Emmenez-le et enfermez-le. Pauvre garçon. Le soleil et les antipodes lui ont fait perdre la raison. J'écrirai à son père. Oui. C'est ça... et rangez-moi tout ça. Donnez-moi le dossier de cette femme Martin. Qu'on en finisse. Et surtout, apportez-moi un verre ! Quelque chose de fort. Et plus vite que ça.

Le tintement lointain d'une cloche de bateau résonne dans la tête de Charles Monjeau. Il sent que son crâne est lourd. Il n'arrive même pas à soulever sa tête. Elle semble coincer dans les deux mâchoires d'un étau. Le capitaine ne se souvient de rien. Il essaie de bouger son corps engourdi. Il a un goût de métal dans la bouche. Il remue d'abord les jambes puis il écarte plusieurs fois les doigts de sa main droite pour faire disparaître les fourmillements qui le picotent. C'est alors que le son aigu et perçant d'un clairon vient lui frapper directement les tempes. Spontanément il colle la paume de ses mains sur ses oreilles. Le bruit est insupportable pour lui. Il ouvre ses yeux avec difficulté. Il voit flou. Ses paupières se referment plusieurs fois avant qu'il ne puisse découvrir son environnement. Il est allongé à même le sol pavé d'une cellule étroite. Sur l'un des côtés, une couchette pliable en bois est accrochée au mur. En face la porte de fer, une fenêtre avec trois robustes barreaux laisse entrer un peu de clarté. Un trait de lumière vive et oblique qui tombe au milieu de la pièce et dessine un minuscule carré blanc.

Le capitaine Monjeau s'assoit et rassemble ses esprits. En découvrant une belle tache de sang à l'emplacement où reposait sa tête, il appuie sa main à l'arrière de son crâne. Avec ses doigts il devine l'étendue de l'hématome qui lui vaut ce terrible mal de tête. Ses cheveux sont collés au sang séché. Tout lui revient en mémoire. D'abord le gouverneur puis la discussion et enfin le sabre. Il pense à Ismérie. Il cherche l'odeur de sa peau. Il se relève en se tenant la tête. Il s'approche du mur sous la fenêtre et tente d'attraper les barreaux. Ils sont trop hauts et un large appui en pente ajoute à la difficulté de s'en saisir. Le capitaine s'adosse à la paroi et balaie la cellule du regard. Il aperçoit dans un coin à gauche de la porte un seau en bois cerclé de fer. Avec deux enjambées il est au-dessus du récipient. Il attrape l'anse, revient sous la lucarne et renverse le baquet. D'un coup de pied, il le colle au mur puis il pose un pied dessus et se hisse vers la lumière. Il est encore trop court. Il descend de son piédestal, se recule et prend son élan. Il appuie le pied sur le seau et donne une impulsion suffisante pour le propulser légèrement plus haut. Il réussit enfin à saisir un barreau. Il tire de toutes ses forces et ramène sa tête au niveau de la fenêtre. Il reconnaît l'endroit.

Il est enfermé à l'île Nou dans le bloc de cellules réservées aux surveillants désobéissants ou bien trop zélés. La prison est sur une hauteur et un peu en retrait des autres bâtiments du bagne. De sa cachette forcée, le capitaine Monjeau distingue l'océan bleu et presque transparent qu'un vent chaud vient rider. Il aperçoit sur la côte les branches des palmiers qui jouent avec la brise. Plus bas, dans la cour du pénitencier, c'est l'heure de l'appel du matin. Les prisonniers sont alignés sur quatre rangs. Sous l'œil sévère du directeur en habit et casque blanc perché sur son estrade, le gardien-chef compte et assigne les tâches du jour. Les condamnés, tête baissée, traînent des corps faméliques. À l'autre bout de la cour, le bourreau prépare et nettoie avec soin la guillotine. La lame brille sous le soleil déjà brûlant. Une bourrasque soulève un nuage de poussière. Le son du clairon marque la fin de cérémonie et lance le début de la journée à la « *Nouvelle* ».

Le capitaine ne tient plus. Il lâche sa prise et redescend dans sa cellule étroite. Il décroche la couchette et s'assoit. Il prend sa tête entre ses mains. Il échange la douleur de l'arrière de son crâne contre celle de son cœur en repensant à Ismérie. Elle l'attendait. Il l'a trahie. Il s'en veut. Il doit absolument sortir de cet endroit et retrouver son amour.

Captives de l'Océan

Ismérie a été malade pendant toute la traversée. Elle est restée prostrée dans un coin de la cale. La cage était couverte de vomissures. L'air est irrespirable. Une odeur nauséabonde imprègne tout. Les quinze prisonnières entassées dans cet espace minuscule et confiné s'enveloppaient le nez avec n'importe quel morceau de tissu. Elles n'ont plus rien que les vêtements qu'elles portaient la nuit ou le gouverneur a fait raser les cabanes et les abris de la baie de Ngi. L'océan est très agité. Un vent violent souffle et gonfle les vagues qui viennent heurter la coque du bateau. Le navire tangue. Dans son ventre c'est la panique. Des prisonnières hurlent de peur. À chaque mouvement, Ismérie pense au pire. Malgré tout, elle tente de calmer les autres femmes. Bien qu'amaigri et creusé, son visage clair apaise un moment les occupantes de la nasse de bois et de métal.

Le voyage semble interminable. Les captives sont aveugles. Aucune ouverture ne leur permet de voir la mer et l'extérieur. Les heures paraissent des jours. Ismérie ne sait plus depuis combien de temps elle est sur ce bateau à vomir ce qui lui reste dans le ventre. Elle se souvient de cette nuit-là quand les militaires ont fait irruption sur la plage. Sans ménagements, ils ont arraché les portes des cabanes et sorti les condamnés de leur sommeil. Ils ont rassemblé les prisonniers au milieu de la plage. Un ballet continu et désordonné de lampes tempête à huile parcourait toute la plage. Il était peuplé de cris et de coups. Une lune naissante et discrète assistait, impuissante, à la scène. Quand les hommes en armes ont fait irruption dans la cabane d'Ismérie, elle n'a pas réalisé immédiatement. Elle dormait encore. Son étonnement fut de courte durée. Un soldat hurla et l'attrapa par les cheveux. Il la jeta au sol pendant qu'un autre mettait à sac toute la pièce. Le premier s'agenouilla sur elle et lui arracha sa chemise. Ismérie se débattait de toutes ses forces. Au moment où le militaire s'apprêtait à la prendre de force, le second s'approcha pour attendre son tour. Il posa la lampe près de la tête d'Ismérie lui éclairant du même coup la figure. Les deux brutes s'arrêtèrent instantanément en découvrant la puissante beauté du visage d'Ismérie. Le premier se releva et se recula d'un pas. Il attrapa le col de son compagnon et le tira vers lui. Il arracha un rideau qu'il déchira pour l'attacher autour de la tête d'Ismérie. Elle essaya de s'en dégager, mais le militaire lui noua les mains dans le dos. Il remit délicatement, mais avec maladresse la chemise lacérée sur la poitrine pâle de la jeune femme. L'autre soldat décrocha un vêtement et le plaça sur les épaules d'Ismérie. Ils l'escortèrent dehors puis ils jetèrent la lampe au milieu de la cabane. Elle s'embrasa dans l'instant. Ismérie sentit le souffle chaud des flammes lui caresser les joues.

Sur la plage, le plus gradé fit séparer les hommes des femmes. Les hommes formèrent une colonne et s'éloignèrent rapidement sous les ordres et les coups d'une brigade de militaires en arme. Le groupe des femmes fut escorté jusqu'à l'océan où les attendaient deux chaloupes. Ismérie ressent encore l'eau fraîche et le sable fin qui glissait entre ses doigts de pieds. Avec son bandeau, elle manqua de tomber plusieurs fois jusqu'à ce qu'une autre condamnée vienne l'épauler et la guider. Elles grimpèrent dans l'embarcation et les avirons furent mis à l'eau. Ismérie leva les yeux et malgré l'opacité du cache put apercevoir la lune blanche. Son être tout entier s'emplit de tristesse. Elle commença à trembler. Elle avait cru le capitaine Monjeau. Il n'était pas là. Elle sentait ses dernières forces l'abandonner. Avec amertume et regret, elle pleurait son idéal de communarde. Elle voudrait se blottir dans les jupons de sa mère et respirer le linge frais et propre qui s'échappait du panier d'osier posé au milieu de l'appartement de la rue Titon.

Les mouvements du bateau s'arrêtent d'un coup. Ismérie entend quelques ordres hurlés sur le pont puis le tintinnabulement continu d'une cloche. Elle se sent soulagée et pour se donner du courage, elle commence à murmurer des paroles de Louise Michel. Elle s'emplit d'une force inconnue qui lui irrigue les veines. Elles répètent les mots plusieurs fois de suite et finalement elle s'adresse à toutes les prisonnières :

« *Sœurs, sœurs ! Oui ! Sœurs,*

dans la lutte géante,

J'aimais votre courage ardent,

La mitraille rouge et tonnante,

Les bannières flottant au vent.

Sur les flots, par la grande houle,

Il est beau de tenter le sort ;

Le but, c'est de sauver la foule,

La récompense, c'est la mort.[5] »

Dans la cale, les prisonnières regardent, incrédules, Ismérie. Dans la saleté et la puanteur, qui noient le fond du bateau, les condamnés entonnent avec Ismérie des chants de luttes. Un marin ouvre l'écoutille et dégage les caillebotis. Une lumière aveuglante inonde la cale et une odeur pestilentielle remonte sur le pont. Les matelots et les militaires restent hilares et les bras ballants devant le spectacle des femmes recroquevillées dans la profondeur du navire et qui fredonnent le combat et le désespoir. Un rayon de soleil projette le visage éblouissant d'Ismérie en pleine lumière. Les hommes d'équipage ravalent leur moquerie et demeurent sans voix.

Lorsque l'embarcation est bien arrimée au quai de bois, le capitaine fait monter les prisonnières sur le pont. Une passerelle de planches et de cordes est poussée sur le wharf. Ismérie plisse les yeux face à la lumière violente qui inonde la baie. Il lui faut plusieurs secondes avant de rouvrir ses grands yeux clairs dans lesquels se reflètent les eaux cristallines de l'océan. En face du ponton, elle découvre les murs d'une enceinte fortifiée puis elle tourne son regard vers la gauche et aperçoit une longue plage de sable blanc bordée de cocotiers et de bugny aux troncs torturés et aux ramages entremêlés. Derrière se dressent de majestueux pins colonnaires à la frêle silhouette. La mer alanguie, d'un bleu transparent, caresse le rivage en formant un moelleux bourrelet

---

[5] À Mes Frères — Louise Michel.

d'écume blanchâtre. Ismérie résiste un moment au charme du lieu. Elle ne veut pas. Elle ne peut pas trouver beau l'endroit même de sa captivité.

Un peloton de gardiens s'avance vers les prisonnières. Le chef, un individu de petite taille avec une moustache bien trop grande pour son visage et un chapeau colonial trop large, donne ses ordres. Il fait distribuer un paquetage aux nouvelles venues. Ismérie n'est pas mécontente de récupérer de quoi se changer. Elle n'a plus rien que les vêtements sales et usés qu'elle porte depuis l'incursion des hommes du gouverneur sur la presqu'île de Ducos. À l'extérieur de l'enceinte du fort de Kuto, un groupe de militaires s'est rassemblé pour admirer le nouvel arrivage. Ismérie relève la tête et fait taire les quolibets et les grossièretés. Ismérie pense à Charles. Elle aimerait qu'il soit là. Elle adorerait tant marcher avec lui dans cette baie et laisser le sable blanc et l'eau salée lui effleurer les pieds. Elle désirerait tant s'allonger avec lui sur le sable chaud, faire l'amour et s'abandonner aux chants de l'océan. L'instant d'après, elle enrage qu'il ne soit pas venu la chercher. Elle lui en veut. Elle le déteste.

Lorsque le débarcadère est franchi, les condamnés sortent de la presqu'île. Elles sont réparties en deux groupes. Certaines s'en vont en direction de la baie de Kuto et d'autres, dont Ismérie, suivent d'abord le même chemin avant de bifurquer sur la droite et d'emprunter une piste qui s'enfonce sous la frondaison des bugny. Ismérie laisse partir, impuissante, des compagnes de déportation. Le soleil tape fort et elle n'est pas mécontente de s'abriter sous les arbres. Les condamnées marchent en silence en rang par deux. Elles sont encadrées par cinq gardes et leur chef. Le cortège rejoint un bon chemin, mais il est complètement à découvert. Ismérie attrape le chapeau de paille fourni et le pose sur sa tête. Elle est suivie par toutes les autres femmes. Ismérie a la gorge sèche. Elle interpelle le gradé et demande de l'eau pour elle et toutes les prisonnières. Le chef, surpris, lève la tête et lance son menton vers le haut en grimaçant. Il répond froidement à Ismérie que de l'eau leur sera donnée, mais pas avant d'avoir rejoint le village de Vao à cinq kilomètres de là. Ismérie proteste en vain.

Le chemin vers le village est un vrai calvaire pour la plupart des condamnées. Plusieurs d'entre elles n'ont même pas de chaussures. Elles ont toutes soif. Le soleil brûle la piste vallonnée. Elles n'ont rien mangé depuis deux jours. Trois prisonnières s'écroulent d'épuisement. Sans ménagement, le chef les fait relever par d'autres détenues. Elles les soutiendront jusqu'au hameau. Au bout de trois heures d'efforts, le cortège passe les premières constructions et entre dans le village. Les captives s'avancent devant la gendarmerie. Les gardiens apportent deux seaux d'eau et deux gobelets. Les condamnées se ruent directement sur les baquets et tentent d'accéder au précieux liquide. Toutes les mains et tous les doigts veulent la sentir couler. Les têtes se heurtent. Les coudes se cognent. Les bras et les corps s'empoignent. Les surveillants sont hilares. Avant que l'eau ne finisse dans la terre, Ismérie intervient pour apaiser ses sœurs de souffrance. Elle commence par donner de l'eau, dans les gobelets, à celles qui se sont effondrées en chemin puis elle fait asseoir les autres afin que la distribution s'effectue dans le calme. Ismérie demande même deux seaux supplémentaires. Devant l'aura naturelle de la jeune femme, les gardiens obtempèrent sans discuter.

Lorsque les prisonnières ont toutes épongé leur soif, le chef s'avance. Il étire sa moustache et précise aux condamnées les emplacements disponibles qu'elles devront occuper. La plupart d'entre eux possèdent une cabane ou un abri. Ismérie enjoint les gardiens à accompagner les femmes les plus affaiblies au dispensaire. Le brigadier est contrarié et en rouspétant il indique à deux gardes de s'emparer des malades. Il grimpe sur un muret et, avant que les prisonnières se dispersent, il énonce, d'une voix nasillarde, les principes qui régissent la déportation sur l'île. Ismérie retient seulement qu'elle pourra travailler et qu'elle doit se présenter à la gendarmerie toutes les semaines. Les militaires distribuent un seau d'eau et un sac de jute à chacune des détenues. Il contient quelques ustensiles de cuisine et deux rations de nourriture.

Les zones des condamnées se situent entre la piste principale et l'océan. Le groupe des prisonnières est désemparé. Les regards atterrés et inquiets se croisent et se recroisent. Les communardes n'ont plus rien. Ismérie prend les choses en main. Elle propose aux plus fragiles de cohabiter avec une autre détenue. Elle aura avec elle une cantinière des Buttes-Chaumont complètement perdue qui pleure sans arrêt. Ismérie avait voyagé avec elle pendant la longue traversée pour la Nouvelle-Calédonie. Elle avait été capturée lors de l'assaut d'une des dernières barricades. Elle est bien connue de tous les combattants pour ses soupes et ses ragoûts qui réchauffait les corps et les cœurs. Elle est capable de cuisiner des plats savoureux avec très peu d'ingrédients, mais depuis qu'elle est à la « *Nouvelle* » elle déprime et laisse la mélancolie l'envahir. Elle veut souvent en finir pour retrouver les pavés et son Paris.

Ismérie et Mathilde, la cantinière trouve refuge sur un petit terrain herbeux entouré de pins. Une cabane de bois est posée au milieu. Elle semble en bon état, mais ouverte aux quatre vents. Sur l'un des côtés, la terre a été remuée pour y cultiver des légumes. Dans la masure, les deux femmes trouvent un mobilier suffisant, mais pour une seule personne. Ismérie apprendra plus tard, de l'un des gardiens, que c'était la hutte d'un « *déporté simple* » qui, sans espoir de retour, mit fin à ses jours. Elle conserva la nouvelle pour elle et n'en toucha jamais un mot à la cantinière.

La cantinière reste prostrée au milieu de la baraque. Ismérie la prend par les bras et l'accompagne jusqu'à une sorte de couchette faite de bambou et de ficelle. Elle pose dessus la couverture fournie par l'administration pénitentiaire et invite Mathilde à s'y allonger. Sans dire un mot, elle s'exécute et se recroqueville complètement. Dehors le soleil décline et revêt des teintes orangées tandis qu'une brise légère et chaude s'attarde encore un peu sur le village de Vao. Ismérie tente de trouver des fruits ou des légumes autour de la cabane. Elle s'agenouille dans le petit carré cultivé et déterre deux beaux tubercules de taro à la peau sombre. Elle se relève et les pose sur le pas de la porte, puis, elle descend en contrebas et ramasse deux grosses noix de coco. En remontant vers l'abri, elle aperçoit sous un tas de planches une toile de lin roulée. Elle la tire vers elle d'un coup sec puis elle la déroule. Ismérie n'est pas mécontente de trouver une machette et plusieurs outils de jardinage. Elle remet tout dans le linge et sous le bois puis elle rentre. Le soleil a plongé tout entier dans l'océan, les perruches bavardes et chamailleuses ont regagné les manguiers et la nuit est tombée comme le rideau d'un théâtre.

Évasions et Révélations

Dans le fond de sa cellule, Charles Monjeau ne trouve plus le sommeil. Il sursaute au moindre bruit. Il perçoit même les déplacements des nombreuses blattes qui cohabitent avec lui. Il est préoccupé et tente de découvrir à tout prix un moyen de sortir de cette prison et de partir à la recherche d'Ismérie. Il ne sait toujours pas quand aura lieu son procès. Le gouverneur veut une cour martiale avec la présence de tous les notables de Nouméa. En attendant, Charles se morfond entre les quatre murs de son cachot.

Son voisin de cellule est un gardien brutal et alcoolique qui prend son travail trop à cœur. Il s'est retrouvé ici après avoir rossé à mort deux condamnés qu'il avait trouvés un matin à moitié nu et dans la même couchette. L'un des deux bagnards eut la vie sauve grâce à l'intervention d'un autre surveillant. Les coups furent tellement violents que le détenu, après trois mois d'hôpital, finit dans le pavillon destiné aux prisonniers déclarés comme aliénés. Dans sa cellule, le garde-chiourme agressif passe ses crises de manque à frapper les murs ou la porte de fer avec ses poings en vociférant.

Ce matin-là, c'est le tintement lointain de la cloche d'un navire qui tire le capitaine Monjeau de son demi-sommeil. Comme à son habitude, il se hisse au niveau du soupirail pour voir la baie et sentir un peu d'air frais. Le soleil n'est pas encore levé, mais une belle lumière éclaire les eaux bleues, calmes et limpides de l'océan. Depuis qu'il est enfermé là, il n'a pu sortir dans la cour que deux fois. Les gardiens ne sont pas assez nombreux et le directeur du pénitencier préfère les affecter à la surveillance des bagnards. Charles cherche en vain le navire, car son angle de vue est limité. Il redescend au sol et marche d'un mur à l'autre en attendant l'heure du petit déjeuner. D'abord le grincement de la grande porte puis le bruit des clés dans la serrure de la grille principale et enfin l'ouverture de la trappe de la première cellule. Charles compte ensuite dans sa tête jusqu'à ce que la deuxième geôle soit servie. Il compte encore. C'est alors le tour du cachot voisin du sien. Il compte toujours puis la fente dans sa porte est abaissée. Un bol et une gamelle y sont posés. Le capitaine Monjeau ne distingue que la main qui prolonge la manche d'une chemise de lin. Celle d'un bagnard.

Charles n'arrive pas à s'habituer à cette soupe épaisse et fade accompagnée d'une boisson tiède dont il ne parvient même pas à reconnaître le contenu. Son goût est tout à la fois amer et aigre. Quand il a fini, il repose les ustensiles dans la fente de la porte de fer puis il s'allonge sur sa couche et regarde le coin de ciel à travers la lucarne.

Un bruit de clés anormal le fait bondir de son lit. Il recule et colle son dos sur le mur sous la fenêtre. La porte de sa cellule s'ouvre et le médecin du dispensaire entre avec l'air grave.

— Capitaine Monjeau. Je suis content de vous voir. J'ai appris par un brigadier ce qui vous était arrivé. Après tout ce que vous avez fait sur la presqu'île, je me devais de faire quelque chose pour vous.

— Merci docteur. Merci du fond du cœur. Quelle joie de voir enfin un visage ami dans cet enfer !
— Vous allez bien ? N'êtes-vous pas malade ? J'ai amené avec moi ma mallette médicale.
— Comment... comment avez-vous eu l'autorisation de venir jusqu'ici ?
— Assez facilement, au demeurant, car je dois régulièrement faire une tournée d'inspection des prisons et en informer l'administration pénitentiaire. Je l'ai bien rappelé au gouverneur. Il ne pouvait refuser.
— Je... je vais assez bien vu les circonstances. Je n'arrive plus à dormir.
— Bien. Je vais voir ce que je peux faire. Assoyez-vous, capitaine. Je vais vous ausculter.
— Bien. Bien, c'est d'accord.
— Capitaine. Je... je vais parler à voix basse. J'ai... j'ai un plan pour vous faire sortir de là.
— Mais... mais pourquoi feriez-vous une chose pareille ?
— Capitaine. C'est... c'est une longue histoire, mais... je tiens à vous aider. Vous avez été d'un grand secours au dispensaire et puis... je tiens enfin ma vengeance. Ce gouverneur a outragé une de mes cousines et il a fait la ruine de ma famille. Une obscure histoire d'argent et de bons au porteur. Je... je ne suis pas là par hasard. J'ai suivi le gouverneur jusqu'ici. Il paiera un jour. En attendant, je vais vous faire sortir de là rien que pour échauffer son courroux. Je suis rentré hier de Ducos et j'ai appris qu'il avait convoqué une cour martiale sous huitaine. Il faut nous hâter.

— Que voilà un homme détestable et dire que je le tenais à ma merci de la pointe de mon sabre. Continuez.
— Voilà... depuis l'évasion, les gardiens de ce bloc ont presque tous été ramenés au pénitencier. Le jour, il n'y a plus qu'une seule sentinelle. C'est à la nuit tombée qu'un autre gendarme remonte du camp pour l'épauler. C'est juste avant ce changement qu'il faut agir. En outre, le premier prend sa pause en attendant l'arrivée de l'autre garde.
— Je vous écoute.
— Je vais rester avec vous jusqu'à ce que le jour baisse puis vous allez devoir me frapper violemment à la tête et vous emparer du passe-partout que je porte dans mon veston...
— Mais je ne...
— Ne vous inquiétez pas, capitaine, j'ai tout prévu... un flacon avec du sang de poulet et je peux feindre la perte de connaissance.
— Et...
— Une fois dehors, il faudra vous faufiler sans vous faire repérer et gagner la côte. Là-bas, vers l'île aux Serpents. Il vous faudra sans doute nager. Une embarcation vous attendra.
— Mais...
— Des amis sûrs. Soyez rassuré, capitaine. Et de bons marins. Au matin vous devriez être loin. De l'autre côté et vers la baie de Boulari en direction du Mont Dore. Des amis kanaks vous cacheront jusqu'à ce que je vous trouve un bateau en partance pour l'Australie.
— Mais... mais je ne peux pas partir sans elle. Je dois retrouver Ismérie.

— Capitaine... Charles, je... je m'attendais à votre réaction. Je crains d'avoir de mauvaises nouvelles. Oui, de très tristes nouvelles. Un secrétaire de mes amis m'a fait parvenir le dossier d'Ismérie. Le voilà.

Charles, d'une main tremblante, saisit le document tendu par le médecin. Il ouvre la double page. Il suit des yeux les déliés de l'écriture cursive qui a noirci le papier. En quelques lignes, il survole la vie d'Ismérie depuis sa condamnation par le tribunal de Versailles. Quand il atteint le bas de la feuille, il crispe ses doigts sur le parchemin. Il lit et relit plusieurs fois les mots inscrits à la plume. Il ne comprend pas. Il ne veut pas y croire. Il a le souffle et les jambes coupés. Il s'effondre sur sa couchette. Un froid glacial enveloppe tout son corps. Il grelotte. Il aimerait prononcer quelques paroles, mais aucun son ne sort de sa bouche. Un fonctionnaire a écrit au bas du formulaire les termes austères et succincts suivants : « *Décédée le dix-sept septembre, dix-huit-cent-soixante-quinze à Ducos, Nouvelle-Calédonie* ».

Le médecin se précipite au chevet de Charles. Il pose sur lui une couverture et lui parle d'une voix calme. Il essaie de trouver les mots. Il ouvre sa mallette et récupère une flasque en argent. Il dévisse le bouchon. D'une main adroite, il soutient la tête du capitaine et de l'autre, il verse quelques gouttes de gin dans sa bouche. Le capitaine Monjeau se laisse faire. Ses yeux creusés se perdent dans un abysse infini. La tache rouge sombre lui mange tout le visage. Le docteur fait tout son possible pour le réconforter. Charles Monjeau est anéanti. Durant un temps sans fin, il ne bouge pas. Des larmes s'écoulent de ses yeux vides et glissent sur ses joues marquées. Elles tombent parfois dans sa bouche et prennent un goût de genévrier. D'un bond, il se lève et se plante devant le jeune médecin.

— Je vais le tuer ! Je n'aurais de cesse que de venger mon Ismérie. Je vous jure qu'il va payer !
— Capitaine. Capitaine. Le temps de la vengeance viendra, mais pour le moment, il faut sortir d'ici. Le jour ne tient plus qu'à un fil. Il faut se hâter. Prenez ceci et versez-en un peu à l'arrière de ma tête, dans mon cou et sur ma chemise. N'oubliez pas la clé et fuyez.
— Oui, docteur. Cachez le dossier dans votre sacoche. Comment vous donnerais-je des nouvelles ?
— Ne vous tourmentez pas pour ça. Je trouverai un moyen. Prenez-soin de vous. Allez-y.

Charles ouvre le flacon de sang et verse le contenu depuis l'arrière du crâne du docteur jusqu'au col de sa chemise. Il le pose avec minutie dans le fond du sac avec le dossier d'Ismérie. Il récupère la clé et s'approche de la porte. Il colle son oreille à la paroi de métal. Pendant ce temps, le médecin peaufine sa mise en scène. Il renverse le seau. Jette la couverture au sol et éventre la toile rêche et sale du matelas. Il s'allonge au sol face contre terre. Il relève la tête et fait un clin d'œil à Charles.

Le capitaine Monjeau glisse le passe-partout dans la serrure le plus discrètement possible puis il le tourne jusqu'à ce qu'il soit en contact avec le pêne. Il débloque le verrou et pousse la lourde porte. Il se retourne une dernière fois vers son complice qui a déjà pris la pose et s'engouffre sans faire de bruit dans l'entrebâillement. Dans la pénombre, il longe l'interminable couloir qui distribue les cellules et contourne la salle de garde puis il s'approche de la porte qui mène à l'extérieur du bâtiment. Il lève et maintient le loquet puis il tire le battant vers lui. Un léger grincement lui vrille les oreilles. Il arrête son geste et attend quelques secondes. Il procède par étape pour ne pas être trahi par le gémissement des gonds. Il est soulagé quand l'air marin encore gorgé de soleil vient lui caresser les joues. Il panique lorsqu'il aperçoit au loin la lueur de la lanterne du second garde. Il ne lui manque que quelques centimètres pour pouvoir se faufiler dehors. Il décide de tenter une ouverture franche en poussant la porte brusquement. Il respire profondément et appuie son corps sur le battant. Il le débloque d'un coup d'épaule sec et brutal. Il a tout juste le temps de l'arrêter avant qu'elle ne vienne heurter le mur et donner l'alarme.

Charles lâche la porte et fonce se cacher en contrebas de la prison. Il ne s'attarde pas et contourne la bâtisse dans le sens opposé du gardien qui s'approche. La nuit est claire, mais la lune reste discrète et ne montre qu'un mince fil doré. Le capitaine descend le plus près possible de la mer. Il ne connaît pas très bien l'endroit. Il saute derrière un muret juste avant le passage inattendu de deux gardes. Le capitaine retient son souffle et se colle contre les pierres. Une fois le danger écarté, il reprend son chemin. Il se retrouve dans le sable et longe une baie ceinturée de palmiers qui agitent bruyamment leur feuillage dans la brise du soir. Au-delà se trouve une surface herbeuse qui remonte en pente douce jusqu'aux bâtiments enduits à la chaux blanche. Charles se tient à quelques dizaines de mètres du bagne. Il ne s'attarde pas. Il marche au plus près de l'eau. L'océan apaisé par la nuit roule d'éphémères vaguelettes qui viennent lécher les pieds du libre capitaine Monjeau. Il ne lui faut pas longtemps pour arriver en face de l'îlot. Il s'avance un peu inquiet dans l'onde froide. Lorsque l'eau lui prend la taille, il panique. Il imagine toutes les créatures qui peuplent la mer et partent en chasse à la nuit tombée puis il pense aux consignes du médecin. Il doit continuer. Il doit le faire pour Ismérie. Il n'a bientôt plus pied. Il se retourne brièvement pour apprécier la distance qui le sépare de la côte. Il effectue des gestes amples sous l'eau pour ne pas alerter les gardes. Il nage vers des rochers sombres et inquiétants. Il regarde sans arrêt derrière lui. Il est persuadé de s'être trompé d'île, mais, au moment où il allait rebrousser chemin, il aperçoit, à une trentaine de mètres de lui, un lanterneau avec une faible lumière. Il reprend courage et accélère ses mouvements. Il est essoufflé, mais soulagé quand il sent une paire de bras le tirer hors de l'eau. D'autres mains lui posent une couverture sur les épaules. Il ne distingue pas les visages, mais une voix grave chuchote quelques ordres. Des avirons sont mis à l'eau et une petite voile est hissée. Une main tend à Charles une tasse de café froid mélangé avec un alcool fort dont le capitaine ne peut déterminer la provenance. Le liquide lui brûle d'abord la gorge avant de lui réchauffer les joues et le corps. D'autres mains lui placent une serviette sur les épaules. Le fugitif attrape un coin du linge pour s'essuyer rapidement la tête et les yeux. Il regarde s'éloigner la côte. Il ne tarde pas à entendre le son ininterrompu de la cloche qui signale une évasion ; la sienne.

La femme qui tient la barre fait éteindre les lanternes d'un geste bref et sans un mot. Le bateau navigue vers le sud, mais il doit rester discret pour ne pas se faire repérer par le canot à vapeur qui patrouille nuit et jour. L'ombre et l'océan se marient dans cette obscurité épaisse que la lune a délaissée. Au large de la baie des Citrons, le vent forcit. La voile claque puis gonfle son ventre. Après l'anse Vata, la capitaine donne un coup de barre et vogue aux abords de l'îlot Canard que Charles n'arrive pas à distinguer. Dans l'embarcation on entend que les ordres passés à demi-voix du capitaine, le grincement des cordes sur le mât ou la bôme et le battement de la voile. Charles remonte la serviette sur son cou. Il est adossé au bastingage, entre un tonneau bien arrimé et un bout soigneusement lové. Secoué par les vagues, il ne pense qu'à Ismérie. Il n'arrive pas à croire qu'elle soit morte. Il serre les poings et voudrait étrangler de ses propres mains l'infâme gouverneur, puis, il se souvient des paroles du médecin. Il attendra. Il se laisse bercer par les mouvements du bateau et s'assoupit.

Les cris perçants d'un couple de mouettes argentées se disputant les restes d'un requin réveillent le capitaine Monjeau en sursaut. Son corps tout entier lui fait mal. Il a froid. Il s'enveloppe un peu plus dans la serviette humide. Le vent a repris de la vigueur. C'est l'aurore. D'épais nuages couvrent le ciel et ombrent les eaux agitées de l'océan. Les vagues formées viennent jeter leur crête d'écume blanche contre la coque du bateau. Le capitaine est morose et l'état de la mer lui donne le cafard. Il déplie ses jambes et attrape un filin pour se relever, mais les mouvements du navire lui font perdre l'équilibre et il finit étendu sur le pont. Dans le bateau c'est une explosion de rires. Un jeune marin se précipite pour redresser le capitaine qui découvre les visages de ses sauveurs. Ils sont cinq. Ils sont tous habillés d'un pantalon de toile bleu et d'une marinière de la même couleur. Ils ont un ruban rouge autour de la taille et un bonnet court de laine beige. La commandante est vêtue d'une manière équivalente à l'exception de sa veste à boutons nacrés et de sa longue et fine pipe d'où s'échappent des bouffées odorantes aux notes de noisettes et de caramel.

Charles Monjeau salue un à un l'équipage du bateau et sa capitaine. Le navire doit faire une trentaine de pieds de long. Il ressemble à une embarcation de pêche reconvertie dans le transport et la contrebande. La capitaine le confirme à Charles. Il navigue entre la Nouvelle-Calédonie, les îles Loyautés et parfois l'Australie ou la Nouvelle-Zélande. La capitaine parle un français soutenu et coloré avec un accent flamand. Ses marins sont tous de nationalités différentes. Ils vivent au présent. Ils ont tous laissé leur histoire, coulé à jamais, dans le fond de singuliers ports ; de Valparaiso à Ostende en passant par Port-Saïd. Ils obéissent aveuglément à leur capitaine. Charles se porte à l'avant du bateau et regarde s'approcher l'îlot Porc-Épic. Un morceau de terre au dos rond, couverte d'une végétation épaisse, mais rabougrie et plantée de quelques arbres étroits et isolés qui se dressent vers le ciel. Le navire se glisse entre cet îlot sauvage et trois petites îles et passe au large de la baie de Plum.

À l'approche de la côte, Charles Monjeau est inquiet. Il saute d'un bord à l'autre du bateau pour vérifier qu'aucun navire ne s'approche. La capitaine s'en amuse, car il n'y a aucune embarcation alentour. Les barges transportant le bois depuis Prony n'ont pas encore commencé leurs rotations vers Nouméa et les canots de surveillance à vapeur viennent rarement dans cette zone. À quelques encablures du rivage, la capitaine tourne franchement la barre et longe la côte vers la baie des Pirogues. Avec de petites jumelles en cuir et métal, elle s'assure qu'il n'y a pas de militaires patrouillant sur la piste littorale. D'un geste bref, elle fait signe à deux de ses hommes de descendre la chaloupe. La mer est assez agitée. Deux marins montent dans la frêle embarcation pour la maintenir contre la coque du bateau. Le capitaine Monjeau est invité à y prendre place. Il salue la capitaine d'un mouvement de tête et enjambe le bastingage. Il se laisse glisser vers le bas en tenant fermement le bout. Il se met à côté d'un des marins et empoigne un aviron. Le second matelot écarte le canot en poussant avec sa rame la coque noire du navire. Les vagues rendent difficiles les manœuvres pour bien positionner la chaloupe. Il faut plusieurs tentatives aux trois hommes avant de pouvoir prendre la direction du rivage.

Le capitaine Monjeau, dos à la côte, regarde s'éloigner le bateau et sa commandante. De minuscules bouffées s'échappent de son brûle-gueule et s'évanouissent derrière les voiles de toiles beiges qui ondulent dans le vent. Les trois hommes rament à la hauteur de l'embouchure de la rivière Bwédé Nyui. Ils accostent sur un espace sablonneux planté d'une herbe vivace et coupante. La plage est déserte. Les deux marins accompagnent Charles jusqu'au sable sec. Ils tapotent l'épaule du capitaine puis ils repartent vers la mer. Ils poussent l'embarcation au-delà des premières vagues puis ils grimpent à bord et mettent les avirons à l'eau. Charles Monjeau regarde s'éloigner le canot. Il ose un geste de la main. Les marins, occupés à manœuvrer la chaloupe pour éviter qu'elle ne chavire, ne se soucient plus du fugitif abandonné sur son bout de plage.

Charles Monjeau est tout à la fois soulagé et tourmenté. Il est maintenant libre, mais il n'arrive pas à oublier Ismérie. Le canot s'est éloigné et le bateau paraît tout petit. Le capitaine ramasse machinalement un morceau de bois flotté. Il se retourne vers la terre et se retrouve face à un Kanak armé d'une lance et d'un casse-tête. Il dépasse le capitaine de deux têtes. Il a le regard noir et des marques blanches sur ses joues. Le gaillard à une carrure et une chevelure imposante. Charles, surpris, le cœur battant, ne sait pas quoi faire. L'homme s'approche encore plus près. Il contemple le visage du capitaine Monjeau. Il jette son arme au sol et lève sa large main, puis, de l'extrémité de ses doigts, il effleure la tâche pourpre qui couvre la figure de Charles depuis sa naissance. Le guerrier ouvre la bouche et sourit à pleine dent. Ces yeux s'illuminent. Il prononce quelques mots kanaks et dirige son regard vers le ciel. Un rayon de soleil transperce les nuages et vient éclairer les deux hommes. Un groupe d'une dizaine d'hommes les encercle. Charles relève la tête et aperçoit à l'ombre d'un cocotier qui garde la plage, ces amis, Awida et Moé. Il est heureux de les retrouver. Pendant ce temps-là, le robuste kanak lui passe autour du cou un collier de coquillages multicolores. Il s'écarte et laisse le capitaine rejoindre ses amis.

Un repas est organisé sur la bordure du rivage et à l'abri des palmiers. Le soleil déchire les nuages et en quelques minutes un ciel d'azur et une douce chaleur emplissent la baie. L'homme aux épaules larges ne quitte pas le capitaine Monjeau. Il reste à côté de lui. Moé apprend à Charles que le guerrier, Tahitoha, a été désigné par le chef pour veiller sur lui jusqu'à son départ. Lorsque le repas est terminé, Awida donne le signal du départ et la troupe se met en route. Elle longe le fleuve en marchant à fleur d'eau puis elle s'enfonce dans la mangrove. Les hommes avancent en silence. Ils quittent l'embouchure de la rivière puis ils gagnent les sous-bois. Charles apprécie la fraîcheur de l'eau douce qui coule et chante un murmure apaisant. Il passe sa main dans l'eau et s'arrose le visage. Tahitoha, qui le suit de près, imite tous ses gestes. Entre les flots agités de la rivière et les rochers glissants, la progression est difficile, mais le capitaine Monjeau s'accroche. Il est heureux de faire route avec Awida et Moé. Ce dernier est fier d'annoncer à Charles que lui et son père ne veulent plus travailler pour l'administration pénitentiaire. Ils sont libres et ont rejoint les groupes de Kanaks qui refusent le traitement infligé par la France et l'appropriation de leur terre.

Vers le soir, la troupe a quitté la rivière et pris de la hauteur. Les hommes traversent une brousse de terre rouge à la végétation épineuse. Ils dominent tout le sud de l'île. Le point de vue est superbe. Dans le soleil couchant, la mer adopte des teintes dorées. Charles regarde le Mont Dore. Il pense au gouverneur et à Nouméa. Il pense à son père et à ce télégramme. Il veut l'effacer de sa mémoire. Il songe à Ismérie. Un campement est improvisé sous le pic du Pin. La troupe sera à Yaté demain ou bien plus tard. Dans plusieurs semaines, un bateau marchand, faisant route vers l'Australie, devrait récupérer Charles Monjeau à son bord. Sa décision est prise et son Ismérie est morte. En attendant, il fera tout pour aider ses amis kanaks à retrouver leur dignité.

La Chaleur d'un Été Parisien

Les volets de l'appartement restent entrebâillés toute la journée tellement la chaleur de l'été est implacable. Voilà plus de dix jours que le soleil brûle Paris. Marie Martin garde le lit depuis plusieurs semaines. Elle s'épuise à tousser et à cracher du sang. Elle ne mange presque plus. Pas plus d'un bouillon de poulet au repas du soir. Son corps est famélique. Elle se force à avaler un peu d'eau pendant la journée. Ses forces l'abandonnent doucement. Son corps tout entier est douloureux. Elle a du mal à se lever. Elle s'oublie même parfois dans ses draps. Ses yeux sont creusés et sombres. Elle garde le peu d'énergie qui lui reste pour lire et relire les quelques lettres reçues de sa fille. Le papier est froissé, jauni et éclaboussé de quelques larmes. Sa dernière missive remonte à plus de neuf mois. Marie trompe son désespoir dans la belle écriture de sa fille. Dans la pénombre de cette chambre, Marie se meurt. Elle perçoit les bruits étouffés de l'immeuble ou de la rue. Elle aimerait tant rejoindre les bords de Seine. Elle ferme les yeux et se revoit déambulant, avec sa fille de six ans, un matin de printemps, dans la rue du Faubourg Saint-Antoine. L'instant d'après, elle se retrouve avec sa fille dans la grande maison bourgeoise. Elles s'occupent du linge blanc d'où s'échappe un parfum de savon. Marie transpire. Son front dégouline de sueur. Quelques gouttes coulent sur ses joues et terminent sur ses lèvres pâles puis dans sa bouche. Un goût aigre emplit sa bouche. D'une main tremblante, elle attrape une serviette et s'éponge le front. Elle finit par reposer sa tête sur le coussin mouillé puis regarde vers la fenêtre. Des ombres remontent depuis la rue et se glissent dans la pièce. Marie est terrorisée. Elle essaie de crier, mais aucun son ne sort de sa bouche. Des silhouettes effrayantes gesticulent autour d'elle. Elle laisse tomber les lettres d'Ismérie et agite les bras dans tous les sens. Elle ouvre le drap et passe ses frêles jambes en dehors du lit. Après un douloureux effort, elle réussit à poser ses pieds sur le sol. À l'instant où elle tente de se mettre debout, ses membres inférieurs se dérobent et elle s'écroule sur le sol et rend son dernier soupir.

Léo marche avec sa sacoche en bandoulière. Il y a aussi accroché sa veste. Dès qu'il le peut, il se met à l'ombre des immeubles. Il peste contre la chaleur de l'été qui accable la ville. Même les rats ne se montrent plus. Une torpeur inhabituelle plane sur Paris. Léo aime seulement le matin lorsque la fraîcheur de la nuit court encore un peu dans les rues. Lui, part de la rue Titon de bonne heure pour rejoindre l'imprimerie de la rue du petit Musc. Il travaille à cet endroit depuis près d'une année. Il est entré là grâce au pasteur qui lui a enseigné à lire et à écrire ; compter, il savait déjà. Quand il rentre chez Marie, il s'arrête toujours non loin de la place de la Bastille pour marchander et acheter de quoi manger. Il est fier de montrer à Marie quel jeune homme il est devenu. Aujourd'hui, il est heureux, car un des employés de l'imprimerie lui a appris que des députés avaient demandé l'amnistie des communards. Il veut annoncer la nouvelle à Marie. En descendant le faubourg, il se voit déjà, avec Marie, accueillant Ismérie. Il organisera une grande fête. Il en est certain.

Le jeune homme pousse la porte de l'immeuble. Le gardien placé par le propriétaire est un ancien militaire. Il a perdu un bras. Il est soupçonneux et grincheux. Il vérifie les moindres allées et venues dans le bâtiment. Il n'aime pas Léo. Léo lui renvoie un sourire forcé puis grimpe deux à deux les marches de l'escalier. Il met la clé dans la serrure et pousse discrètement la porte. Il referme derrière lui et prépare un verre d'eau. Il frappe en douceur la porte de la chambre de Marie. Il tourne la poignée de nacre et entrouvre le battant. Il s'arrête subitement en découvrant le lit vide. Malgré la pénombre, un mince filet de lumière court de la fenêtre jusqu'au pied du lit. Il éclaire le corps de Marie. Léo pose le verre sur la commode et se précipite près de Marie. Il lui prend les mains. Elles sont glacées. Il approche son oreille de sa bouche entrouverte. Il ne sent rien. D'une main, il lui soulève la tête et glisse son bras et de l'autre il passe ses mains sous ses jambes décharnées. Il porte Marie et l'allonge sur le lit. Il retient ses larmes quelques secondes avant d'éclater en sanglots et de s'effondrer dans le vieux fauteuil au tissu déchiré que Marie aimait tant et qu'elle jurait de faire réparer un jour.

Avant que la nuit sans lune n'évince le jour, Léo, les yeux pleins de larmes, descend d'abord chez le médecin puis il s'empresse de prévenir le pasteur et ami de Marie. Les trois hommes se retrouvent autour du lit de Marie. Léo essaie de sécher ses larmes. Le médecin constate le décès et ferme les paupières de Marie. Il réconforte comme il peut Léo puis il sort de la pièce pour rédiger l'acte froid. Le pasteur tente à son tour de consoler le jeune homme effondré. Le pasteur reste un moment puis il quitte l'appartement pour son office. Il reviendra plus tard. Léo récupère toutes les bougies qu'il trouve. Il les allume entre deux pleurs. Il se sent perdu. Il voudrait que la lumière du visage d'Ismérie fasse briller la modeste chambre. Il s'assoit dans le fauteuil. Il doit prévenir Ismérie. Il doit lui écrire une lettre, mais avant il doit rendre sa beauté à Marie. Il ouvre l'armoire et décroche la robe bleue. Celle du dimanche. Celle avec des broderies. Léo prend le corsage blanc avec des manches légèrement bouffantes et un col jabot. Il dispose sur le lit et avec délicatesse les vêtements choisis. Léo verse de l'eau dans la cuvette en faïence. Il y trempe une serviette. Il frotte un morceau de savon. Il s'approche du visage apaisé de Marie et commence sa toilette. Il n'arrête pas de pleurer. Il s'essuie les yeux puis répète timidement sa tâche. Il ne sait pas trop comment s'y prendre. Quand il a fini de laver le visage de Marie, il tire le drap et devine son corps chétif sous sa chemise de nuit tachée. Il est effrayé. Le jeune garçon soulève avec délicatesse la main froide de la morte et la frotte lentement avec le linge mouillé. Il fait la même chose avec l'autre main. Il s'arrête un moment et regarde la rue. Le soleil est couché et une brise douce et légère s'empare des rues. Un courant d'air traverse le petit appartement. Léo doit le faire. Il ne connaît la mort qu'à travers les cadavres de la cave du passage Saint-Maur, les barricades, les corps entassés ou jetés dans des fosses communes et les caniveaux ruisselants du sang des amis de la Commune.

Aujourd'hui ce n'est pas la même chose. Il aimerait tant que la belle Ismérie soit là. Elle n'hésiterait pas, mais il a fait une promesse. Il tiendra parole. Il revient vers le lit. Les flammes des bougies dansent autour du visage de Marie. Il inspire profondément et défait sa chemise de nuit. Il ne veut pas voir son corps nu, usé, rachitique et sans vie. Il regarde le plus souvent vers la fenêtre en lui passant le chemisier propre et la robe bleue. Il pousse un long soupir quand l'opération est faite puis il fonce s'asperger le visage avec un peu d'eau. Il revient vers la dépouille de Marie pour fermer les boutons de la robe et lui enfiler des bas blancs. Il récupère une paire de souliers dans le bas de l'armoire pour terminer de l'habiller. Il tourne le corps sur le côté pour tirer les draps et remettre le dessus de lit. Il fait la même chose de l'autre côté puis il retourne la défunte. Il la trouve belle. Son visage est apaisé. Dans le tiroir du meuble de toilette, il attrape une brosse avec laquelle il vient coiffer les cheveux de Marie. Il la remet en place et s'assoit derrière la petite table à côté de la fenêtre. Il tire un morceau de papier et un encrier et commence sa lettre à Ismérie. Depuis la rue, monte les rumeurs de la ville. La douceur de l'aurore fait sortir les Parisiens. La lune se lève. Des bruits de sabots résonnent sur les pavés.

« *Madame Ismérie, j'ai tout fait comme on avait dit et j'ai pris grand soin de votre mère. J'ai un peu appris à écrire et je lis aussi. Madame Ismérie, vous m'excusez pour les fautes. Madame Marie, elle aime lire les feuillets de vos lettres. Ils sont même jaunis et presque usés. J'ai troqué mon rossignol pour un honnête travail. Je vole plus les aristos. Je fais l'imprimeur dans une petite boutique. Je voulais vous dire. Je ne trouve pas les mots, madame Ismérie, mais c'est rapport à votre pauvre mère. Madame Marie, elle était plus trop en forme depuis la Noël. Le docteur, il a dit comme ça que c'était la tuberculose. Cette foutue maladie a emporté votre mère de l'autre côté. Elle toussait et elle mangeait plus. Même pas un quignon de pain. Un peu de bouillon et c'est tout. Votre mère, elle parlait tout le temps de vous. Elle voulait tant vous revoir. Elle aimait que je lui raconte quand on s'est vu la première fois dans cette cave. Madame Marie, elle ne comprend pas que vous êtes si loin. Madame Ismérie, je m'en veux de n'avoir pas pu sauver votre mère. Je ne sais pas ce que je peux faire. J'espère que ce billet vous parviendra. Je vais m'occuper de votre mère même qu'elle soit de l'autre côté. Vous pouvez compter sur Léo. Je vous attendrai. Il paraît que les députés ont demandé la grâce pour tous les communards. Voilà. C'est bien tout. J'espère vous voir bientôt. Votre Léo ».*

Léo cachète la lettre. Il entend des pas dans l'escalier. Il sort sur le palier pour accueillir le pasteur et un prêtre de la paroisse Sainte-Marguerite. Marie Martin s'était confiée plusieurs fois au pasteur. Elle ne croyait pas beaucoup en Dieu, mais elle voulait un curé et une veillée le jour de sa mort. Elle souhaitait également être enterrée au cimetière du Père-Lachaise. Deux années plus tôt, cette dernière volonté aurait eu du mal à être exaucée, car des traces des combats de la Commune étaient encore bien visibles. La ville et ses nouveaux représentants s'emploient depuis plusieurs mois à effacer toutes les cicatrices des combats de la Commune. Les deux hommes remercient le jeune Léo pour le soin avec lequel il s'est occupé de Marie Martin.

Pendant que les deux ecclésiastiques tournent autour du lit de la défunte en parlant à voix basse et en gesticulant, Léo hausse les épaules et file dans la cuisine pour se trouver à manger. Il sort un couteau de sa poche et se coupe un beau morceau de pain noir. Il pose la pièce de jambon sur la table, ôte délicatement le linge qui l'entoure et se taille une tranche épaisse. Il s'assoit à la table et dévore avec un appétit féroce. Avant de retourner auprès de la mère d'Ismérie, il descend dans la rue. Il fait bon. Il fait quelques pas. L'air tiède lui caresse le visage. Les réverbères s'allument petit à petit. La lune rousse et entière jette ses paillettes sur la ville encore terrassée de chaleur. Léo aperçoit un rat téméraire qui se faufile le long du caniveau. Il lève la tête et songe à Ismérie. Il lui revient en mémoire le visage éclatant de la jeune femme dans le trou immonde du passage Saint-Maur. Il se sent fatigué comme si, tout à coup, un fardeau démesuré lui tombait sur les épaules. Il remonte en traînant les pieds dans le petit appartement pour y retrouver une dernière fois Marie Martin.

Au petit matin, les chandelles brûlent encore et un amas de cire déborde des bougeoirs. Léo est réveillé en sursaut quand on frappe à la porte. Il s'extirpe du fauteuil élimé et s'étire pour se dégourdir et chasser les courbatures. Il ouvre la porte à deux hommes en costumes noirs et chapeaux claques de la même couleur. Derrière eux est planté un simple cercueil de bois. Léo les laisse entrer et les accompagne dans la chambre de Marie. Les deux hommes ne parlent pas, mais font des gestes précis et rapides. Léo se passe de l'eau sur le visage et enfile une chemise propre. Il met sa veste et sa casquette. Il suit les deux hommes jusqu'au bas de l'immeuble où les attend un troisième homme devant le corbillard tiré par un cheval noir.

Dans l'église, la cérémonie s'avère simple. Il n'y a presque personne. La famille du pasteur est là et quelques anciennes lingères sont venues. Léo ne semble pas très à son aise. Il est impressionné par le lieu qui sent la bougie et l'encens. Il ne comprend pas trop le discours parfois enflammé du prêtre. Il cherche le visage et la lumière d'Ismérie à travers les vitraux que les premiers rayons du soleil transpercent. Il est soulagé quand il peut enfin sortir du lieu de culte. Au rythme lent du cheval, Léo suit le char funèbre décoré aux quatre coins d'un plumet noir. Le curé, le pasteur et sa famille restent derrière Léo. Le cortège entre dans le cimetière et prend la direction du quartier des plus pauvres. Une odeur d'été flotte dans l'air et déjà un soleil abondant emplit la ville. Les cyprès encore debout, épargnés par les combats de la Commune, dégagent des parfums frais et boisés. Léo y retrouve les senteurs d'encens de l'église. Le chariot s'arrête et les quatre hommes tirent la boîte de bois. Ils se fraient un passage dans le chaos des tombes et des croix. Le cercueil est descendu dans un simple trou. Sur un monticule de terre, Léo aperçoit une croix de bois avec une plaque en bronze ou il peut lire : « *Marie Martin 1824 – 1875* ». Il attrape une poignée de terre et la jette dans la fosse. Il quitte le cimetière et file directement à l'imprimerie après s'être rendu dans un tout nouveau bureau des Postes boulevard Voltaire.

Le soir venu et après une chaude journée de travail dans les odeurs d'encre et de papiers, Léo rentre rue Titon. Sur le palier l'attend le gardien de l'immeuble et le propriétaire de l'appartement. Ce dernier souhaite récupérer le logement au plus vite. Léo est en colère. Il se contient pour ne pas sauter au cou des deux personnages. Il les invite à entrer et se rappelle une discussion avec Marie. Il s'introduit dans la chambre et retrouve dans l'armoire un document écrit de la main de Marie et signé par le bailleur qui autorise Léo à demeurer dans l'appartement jusqu'au retour d'Ismérie. Le propriétaire, un homme bedonnant, au visage bouffi et transpirant à grosse goutte, s'éponge le front sans arrêt. Il grimace en reconnaissant son paraphe. Il quitte la pièce en maugréant et en poussant le gardien à coup de canne.

Léo est soulagé et s'empresse de cacher le précieux document derrière le miroir. Il n'a aucune confiance dans le gardien. Il le considère comme un cafard à la solde de la police capable de dénoncer n'importe qui pour quelques pièces ou un litre de vin. Il fait le tour des deux pièces de l'appartement. Il est désemparé. Il se retrouve seul. Il se pose dans le fauteuil. Il écoute les bruits de la ville et s'endort.

Plus au sud, les saules des bords du Loiret courbent le dos et s'abreuvent à la rivière pour lutter contre la chaleur de l'été. Les cygnes ne sortent qu'au petit matin et s'abritent le reste de la journée. Les colverts ne cancanent plus. Les grenouilles ne chantent plus qu'à la tombée du jour.

Derrière les hauts murs de la villa, le passant entend parfois le bruit métallique des cisailles qui coupent et taillent arbustes, massifs et buissons. La demeure ne reçoit plus. Les volets sont fermés et les visiteurs sont rares. Les rumeurs courent les rues du village au sujet d'Adélaïde et Henri Monjeau. Les villageois ne les croisent plus depuis longtemps sur le perron de l'église Saint-Martin. Les promeneurs du sentier des Prés qui marchent le long du domaine ne trouvent qu'une cabane à bateau délabrée et coiffée d'une épaisse traîne de branches de saule qui se déploie jusqu'à la large pelouse. La terrasse est déserte et les contrevents sont clos.

Les Monjeaux n'ont gardé à leur service que le jardinier et sa femme. C'est elle qui cuisine. Ils logent dans le petit appartement attenant à la demeure. Adélaïde Monjeau reste dans sa chambre. Elle ne sort qu'à la tombée du jour pour arpenter quelques minutes la roseraie. Elle s'habille de noir et reçoit tous les jours la visite du vicaire. Le jeune prêtre fait tout ce qu'il peut pour l'inciter à retrouver une vie sociale et l'aider pour les œuvres de la paroisse. Elle voudrait bien, mais son époux l'en empêche et il n'est pas question pour elle de le contredire. Une seule fois, le religieux avait osé aborder le sujet avec le maître des lieux. Ce dernier s'était mis dans une telle colère qu'il avait empoigné le religieux par le col. Il avait serré si fort que le pauvre prêtre terrorisé en eut le souffle coupé. Il ne dut son salut qu'à l'intervention du jardinier et de sa femme. Il ne revint pas de toute une semaine ; au grand désespoir d'Adélaïde Monjeau.

Henri Monjeau vit dans son bureau. Il décline systématiquement toutes les sollicitations de l'état-major. Il prétexte une maladie chronique ramenée d'une obscure campagne quelque part à la frontière de l'Empire ottoman. Il a détruit toutes les nouvelles reçues de Nouvelle-Calédonie. Celles de son fils ou bien celles du gouverneur. Mais les écrits restent collés dans son cerveau et reviennent sans cesse le hanter. Il se jette alors sur sa bouteille de brandy ou bien celle de gin pour tenter d'effacer les mots. Si cela ne suffit pas, il tire son sabre de son fourreau et se lance dans un combat au corps à corps avec lui-même en tournoyant dans la pièce le sabre à la main. Le jardinier le trouve au matin allongé sur le tapis et le visage tailladé.

Le Retour d'Ismérie

Ismérie est assise sur le modeste banc de fortune. Il est composé d'une simple planche de bois posée sur deux petits blocs de roche. Ils proviennent du potager que la jeune femme entretient avec soin. Elle s'était écorché les mains à creuser autour de ces grosses pierres pour les dégager. Elle dut ensuite les rouler jusqu'à la cabane. Depuis, ils ne bougent plus. Une lettre au papier jaunit entre les mains, Ismérie regarde vers le soleil qui, peu à peu, décline. Il répand des teintes orangées dans un ciel bleu abyssal et nappe l'océan aux eaux turquoise de traînées ocre et ondulantes. Chaque soir c'est pareil. La prisonnière attend que la nuit tombe. Des larmes coulent sur ses joues. Elle pleure sa mère. Il y a bientôt six ans qu'elle est loin de Paris. Elle s'en veut de n'avoir rien pu faire pour sa mère. Elle lit et lit encore les mots maladroits, mais si précieux écrits par Léo. Quand le soleil a disparu et que l'obscurité s'avance, les chauves-souris commencent un étrange ballet. Ismérie se glisse alors à l'intérieur de sa masure.

Mathilde, la compagne de détention d'Ismérie, s'en est allée il y a deux ans déjà. La cantinière paraissait forte et indestructible, mais une pneumonie l'a emportée en quelques semaines seulement. Ismérie est restée à ses côtés jusqu'à la fin. La pauvre femme délirait à cause de la fièvre. Elle parlait sans cesse d'un ancien café, au pied d'une barricade. Elle y avait installé sa cuisine et trouvait toujours de quoi préparer des repas et réconforter les combattants. Elle énumérait à voix haute les ingrédients de son ragoût spécial et mimait avec exactitude les gestes précis du cuisinier. Elle est partie avec sa recette. Avec l'aide de deux nouveaux déportés, Ismérie a déposé le corps sur un chariot à bras. Sous une chaleur écrasante que la brise habituelle refusait d'apaiser, ils ont transporté Mathilde, jusqu'au cimetière des condamnés. Ismérie a creusé la tombe de sa sœur de souffrance. Ismérie s'est reculé d'un pas puis elle s'est mise à chanter. Les deux autres détenus reprennent le chant avec elle. Les deux gardiens se saisissent de leur fusil, mais, devant la beauté et la lumière que dégageait le visage d'Ismérie, ils restèrent en retrait sans bouger.

« *[...] Tous les bagnes, tous les pontons,*

Tous les forts, toutes les prisons,

Ont regorgé de malheureux

À moitié nus, le ventre creux ;

Pendant que leurs bourreaux

Mangeaient de bons morceaux.

Dansons la communarde

Et tenons bon !

Et tenons bon !

Dansons la communarde,

Et tenons bon ;

Nom de nom ! [...][6] ».

Après la disparition de Mathilde, Ismérie reste cloîtrée dans sa cabane pendant plusieurs semaines. Elle ne sort que pour retirer de son potager de quoi ne pas mourir de faim. Parfois, au soleil fatigué, lorsque l'alizé franchit la barrière de corail et glisse sur les eaux cristallines du lagon, Ismérie drape ses épaules d'un châle de coton tissé et s'installe sur le banc adossé à la cahute. Elle lève les yeux vers les arbres qui bordent le terrain face à la mer et balancent leurs ramures dans le couchant. Elle laisse passer le frémissement des palmes des cocotiers puis elle ferme les paupières pour s'abandonner au murmure du niaouli. Des soupirs qui la ramènent le temps d'un instant dans Paris. Elle perçoit la voix de sa mère. Elle entend les chants des lavandières. Elle reconnaît les cris des femmes libres qui montent au sommet des barricades et agitent des drapeaux. Quand le vent se calme et que la complainte s'éloigne, Ismérie regagne sa cabane et espère trouver le sommeil.

Afin de ne pas sombrer complètement dans la mélancolie ou la folie, Ismérie se rapproche de la tribu kanak voisine. Elle s'élève avec force contre les mises en garde de l'administration pénitentiaire, mais elle obtient l'aval, hésitant et suspicieux, des frères maristes. Ismérie s'en moque. Elle est curieuse de tout et veut tout connaître des us et coutumes des habitants de l'île. Elle échange volontiers son savoir-faire de couturière contre des nattes tissées à partir

---

[6] La communarde — J. B. Clément

de feuilles de pandanus ou de cocotier. Elle rentre souvent avec des plants pour son potager. Elle retouche parfois des robes et apprend à cultiver le tarot et l'igname.

Lors de la révolte du peuple kanak et l'arrivée des prisonniers sur l'île, les gendarmes et les gardes de l'administration pénitentiaire durcirent le ton avec les tribus locales. Ismérie qui prend fait et cause pour les Kanaks est assignée à résidence dans sa cabane pendant plus d'un mois. Dès qu'elle sort pour s'occuper de son potager, les deux surveillants postés devant chez elle sont toujours éblouis par sa grande beauté et la lumière qu'elle dégage. Ils restent sans voix et stupéfaits. Ismérie en profite certaines fois pour leur fausser compagnie et s'en aller seule vers la plage pour y pêcher ou pour y marcher sous la pluie. Elle regarde alors vers le ciel et sent les gouttes d'eau emplir ses yeux et ruisseler sur son visage puis descendre le long de son corps.

Un matin frais et couvert de gris, l'océan devient sombre. Ismérie rêve au milieu de son jardin. Appuyée sur le manche de sa houe de bois, elle laisse son regard glisser dans le vide. Elle pense aux pins colonnaires qui peuplent l'îlot voisin. Ils s'élèvent et s'accrochent aux nuages pour tenter désespérément de s'échapper. C'est alors que ses deux gardiens attitrés font irruption et contemplent d'un air bête la prisonnière au milieu de son carré de légumes. Ils restent ainsi pendant plusieurs minutes sans parler. Ismérie, un peu énervée, brise le silence en les regardant fixement dans les yeux.

— Alors, messieurs les gardiens. Que me vaut le plaisir de cette visite ?
— Eh bien... c'est le gardien-chef...
— Oui. Le gardien-chef. Comment va-t-il ?
— Bien... mais il nous a envoyé pour...
— Oui. J'avais bien compris.

L'un des deux gardes tire un papier officiel de l'intérieur de sa veste d'uniforme puis prend une grande respiration. Il ne regarde pas Ismérie. Il ne peut pas. Il se racle la gorge et commence à lire.

— « Matricule »... « numéro »... hum. Madame. « *Suite à la promulgation de la loi du trois mars dix-huit cent soixante-dix-neuf relative à l'amnistie partielle des individus condamnés pour avoir pris part aux événements insurrectionnels...* ». Hum. Madame. Vous allez être libérée. Un bateau part de Nouméa pour vous ramener en France. Il doit passer par l'île des Pins demain. Voilà.

Ismérie s'accroche au manche de son outil pour ne pas s'écrouler à terre. Elle a les jambes coupées et les mains qui tremblent. Elle chancèle, lâche la poignée de la pioche et tombe à genoux sur la terre meuble. Elle pose la paume de ses mains devant elle sur le terrain fraîchement remué. Elle fixe le sol. Elle voudrait crier, mais les mots restent coincés dans sa gorge nouée. Elle pleure et ses larmes imbibent le sillon de terre rouge.

— Tout... tout va bien, madame ?
— ... Oui... Je crois. Je... je rentre chez moi. Je... je rentre à Paris.

— Oui M'dame. Pour sûr. C'est signé et tout. Voyez.
— Eh bien. C'est... c'est une nouvelle à laquelle je ne croyais plus.
— Il faut préparer vos affaires. On reviendra demain pour vous accompagner à Kuto.
— Je... je serai prête.

Les gardiens s'éloignent. Ismérie se redresse. Elle frotte ses mains pour les débarrasser de la terre. Elle relève légèrement sa robe et attrape son jupon pour s'essuyer les yeux. Elle ne réalise pas encore, mais son cœur bat fort contre sa poitrine. Elle pousse un long soupir. Elle ramasse une noix de coco et la fend avec une lourde pierre. Elle boit d'un trait tout le lait qu'elle contient. Elle fourre sa main dans une des poches de sa robe et saisit la dernière lettre de Léo. Elle la déplie et l'agite au-dessus de sa tête.

— Maman ! Maman ! Je rentre. Je rentre à la maison. Léo ! Je serais bientôt là. Charles ! Où que tu sois, me vois-tu ?

Il ne faut pas longtemps à Ismérie pour préparer ses affaires. Deux robes et trois jupons. Elle y ajoute le châle de coton et plusieurs écorces peintes par les enfants de la tribu. Une fois que son sac de toile est fait, elle descend au bord de la plage puis elle suit l'océan en direction du village kanak. Elle y demeure jusqu'au coucher du soleil. Les nuages qui sont restés sur l'île pendant toute la journée s'élèvent un peu et laissent passer les derniers rayons de lumière. Dans la pénombre, les adieux sont vaguement plus faciles.

Ismérie n'arrive pas à dormir. Elle finit par se lever. La nuit est claire et une belle lune se mire dans les eaux paisibles du lagon. Elle s'est habillée d'un halo vaporeux et s'accroche à un profond ciel étoilé. Des centaines de pensées se bousculent dans la tête de la communarde depuis son arrestation, passage Saint-Maur. Elle n'arrive pas à se calmer. Son esprit s'échauffe. Elle brûle d'impatience. Cette nuit-là est la plus longue que la prisonnière ait vécu depuis sa venue en Nouvelle-Calédonie. Quand les premiers oiseaux annoncent le lever du jour, elle n'a plus sommeil du tout et surveille l'océan.

Depuis Vao, un groupe de bagnards presque libres, mais encadrés par cinq gardiens prennent la piste. Ils ont le cœur plus léger et leurs baluchons semblent aussi lourds qu'une plume. Ils parlent beaucoup et plaisantent même avec les geôliers. Le trajet paraît bien court. Dans la baie, un immense navire de trois mâts et d'une cheminée centrale s'approche du ponton de Kuto. Le « *Var* » est un ancien vaisseau construit pour le transport des chevaux puis reconverti dans le déplacement des bagnards. Lorsque les communards aperçoivent le bâtiment, ils explosent de joie et jettent en l'air leur chapeau de paille. Ismérie a le cœur qui tressaute. Elle n'y croit pas. Elle tire son sac sur son dos et emboîte le pas à ses camarades qui marchent d'un pas décidé vers l'embarcadère. Après un discours du capitaine de la gendarmerie suivi de celui du directeur de l'administration pénitentiaire, les prisonniers sont invités à monter à bord. Ils retrouvent leurs camarades de la presqu'île de Ducos. La joie et l'émotion sont immenses.

    Ismérie pose un pied sur la passerelle. Elle se retourne vers la plage de sable blanc de Kuto. Elle lève la tête en direction du pic N'ga. Elle s'avance timidement vers le pont principal. Une fois sur le navire, une communarde la prend dans ses bras et la serre aussi fort qu'elle peut. Avec toutes ces effusions de joies et de pleurs, elle n'entend pas la cloche et les sifflets qui donnent le départ. Les yeux pleins de larmes, Ismérie s'approche du bastingage et regarde s'éloigner l'île. Elle quitte enfin le « *malheur* ». Elle commence à y croire. Elle retrouve de vieux compagnons de lutte. Elle sourit légèrement. Sa beauté et sa lumière éclairent le navire tout entier. Les anciens déportés prennent leur quartier dans les cages des faux-ponts du bâtiment. Cette fois, les portes restent ouvertes. Le capitaine du vaisseau les accueille avec respect et bienveillance. Il autorise même les communards à fêter leur libération. Toujours d'après le capitaine, le trajet du retour passera par le canal de Suez et devrait durer une dizaine de semaines. La brise gonfle le ventre des voiles et la chaudière tourne à pleine vapeur. De la cheminée du navire s'échappe un panache de fumée visible à plusieurs milles marins. Il s'agite dans le vent comme la bannière des vainqueurs.

    Une semaine après leur départ, Ismérie croise par hasard sur le pont inférieur, le médecin du dispensaire de Ducos. Elle est surprise. Il est blanc et terrifié.

    — Je... je vous. Enfin. Vous étiez morte.

— Mais... mais de quoi parlez-vous ? Je suis bien là.
— J'ai... j'ai vu votre acte de décès.
— Vous vous trompez, docteur. Il s'agit d'une autre.
— Non. Non. Je vous jure. Je... j'ai même montré le document au capitaine Monjeau. J'en suis sûr.
— Le capitaine ! Charles. Vous savez où il est. Il m'a abandonné à Ducos. Il m'avait juré. Il m'avait dit qu'il viendrait.
— Madame Martin... Ismérie... Ce jour-là, il est arrivé trop tard. Le gouverneur et ses hommes avaient déjà tout détruit et ils vous avaient transférés vers l'île des Pins. Il... il était fou de rage et il m'a aidé à secourir les blessés. Lorsqu'il est rentré à Nouméa, il est allé directement chez le gouverneur pour savoir ce qu'il était advenu de vous. Et puis... et puis, il s'est jeté sur le gouverneur le sabre à la main quand il lui a annoncé votre mort. Je... je ne comprends pas comment tout cela est arrivé. Le capitaine Monjeau. Charles a été arrêté et jeté dans la prison des gardiens de l'île Nou. Je suis allé le voir avec le document. Celui de votre mort. Nous avons échafaudé un plan d'évasion et... il s'est échappé. Je suis navré de tout ceci. Quel ignoble personnage, ce gouverneur ! Dès mon retour en France je monte à Paris pour signaler les agissements inappropriés de cet homme méprisable. Je vous le jure.
— Et... avez-vous des nouvelles du capitaine ? Charles...

— Je crains bien que non. Depuis l'insurrection je n'ai plus de nouvelles. Il était avec un groupe de Kanaks et il devait gagner l'Australie grâce à des contrebandiers... mais... je ne sais pas. Je suis navré.

Ismérie s'accroche à la rambarde de l'escalier et se laisse tomber sur les marches. Le médecin s'approche d'elle pour éviter qu'elle ne sombre.

— Venez, Ismérie. Vous allez vous allonger et je vais vous donner quelque chose pour vous apaiser et vous soulager. Vous devriez aller mieux dans quelques jours.

Le navire avance bien et respecte les délais prévus même si une forte tempête, du côté de la mer d'Arafura, oblige le capitaine à dévier sa trajectoire pour frôler les côtes de la Papouasie afin de s'y abriter quelques heures. Ismérie se remet peu à peu. Elle ne pense plus qu'à une chose ; retrouver Paris. Elle dort beaucoup et monte rarement sur le pont. Le médecin la contraint à prendre un peu l'air. Il l'accompagne et veille sur elle.

Un soir, quelque part entre Singapour et Port-Saïd. Peut-être au large de la mer des Laquedrives, une fête est organisée sur le navire. L'océan est calme et un vent timide agite les grandes voiles. Vers l'ouest, le soleil immense est à moitié noyé sur l'horizon. Les marins dressent des tables sur le pont et les cuisiniers préparent un repas amélioré. L'équipage au complet et tous les communards libérés sont là pour écouter le discours du capitaine avant de profiter du banquet.

Au moment où le capitaine s'apprête à commencer son allocution, il est interrompu par des cris provenant d'une écoutille située à la poupe. Tous les regards se retournent vers elle. Sur le pont, on entend que le claquement des cordages contre les voiles et le bruit sourd du moteur à vapeur. Deux matelots s'extirpent de l'ouverture en traînant derrière eux le corps d'un homme. Ils le posent sur le ventre ; la tête tournée sur le côté. L'homme porte un pantalon de toile brune et une veste de marin bleu. Il est pieds nus. Il porte des vêtements sales et déchirés. Ses cheveux ébouriffés se confondent avec sa barbe hirsute. Il est évanoui. L'un des deux marins interpelle le capitaine.

— Capitaine ! Regardez ce qu'on a trouvé dans la cale. Un passager clandestin. De la nourriture à poisson. On le jette par-dessus bord ? Hein. Capitaine.
— Amenez-moi cet homme !

Les deux matelots saisissent les bras du pauvre diable et le traînent jusqu'au pont principal. Les hommes d'équipage et les anciens détenus se reculent pour les laisser passer. Ils jettent sans ménagement l'homme entre les tables. Il roule sur le côté et finit sur le dos. Toute l'assemblée s'écarte et un murmure s'élève vers les haubans. Les deux marins grimacent et se retirent d'un bond en découvrant la laideur de l'homme qu'ils viennent de sortir des entrailles du navire. Malgré sa longue barbe, les passagers, le médecin et Ismérie reconnaissent immédiatement la figure marquée d'une tache violacée. Celle du capitaine Monjeau.

Ismérie se précipite près de Charles. Elle prend son visage entre ses mains et colle sa tête contre la sienne. Elle pensait qu'elle ne le reverrait jamais. Elle imaginait qu'il l'avait oublié. La complainte du niaouli avait raison. Le médecin s'approche à son tour. Il pose une main rassurante sur l'épaule d'Ismérie puis il s'agenouille auprès du capitaine Monjeau. Celui-ci semble très faible, mais il respire encore. Son visage est creusé et il est déshydraté. Le docteur se relève et demande aux deux marins de descendre le capitaine dans sa cabine. Un peu honteux, ils baissent la tête, soulèvent le corps et le portent jusqu'à la chambre du médecin. Ismérie et le médecin les suivent de près. Sur le pont, l'heure n'est plus à la fête.

Le capitaine Monjeau reste fiévreux. Il délire pendant plusieurs jours. Ismérie et le médecin se relaient à son chevet. Il s'alimente peu. Lorsqu'il revient à lui et qu'il voit les visages d'Ismérie et du médecin, il éclate en sanglots puis, d'une voix faible, il raconte son histoire.

— Vous savez... j'ai perdu mes amis. Le gouverneur les a... massacrés... Oui. C'est ça. Après mon arrivée à Yaté, je devais attendre un bateau de contrebandier, mais après un mois entier, il n'était toujours pas là. Je suis resté avec Awida, Moé, Tahitoha et tous les autres. Je me suis engagé à leur côté pour les aider à récupérer leur terre. J'ai... j'ai beaucoup marché. J'ai rencontré le chef Ataï pour la préparation de l'attaque de Nouméa. J'étais... j'étais présent lors de la prise de la forteresse kanake d'Adio. Une hécatombe. Tahitoha est tombé en premier sous les balles des militaires. Awida est mort en protégeant son fils. Moé... Moé fût exécuté froidement et sans jugement. Je dois mon salut grâce à leur courage. Je... je me suis caché pendant des semaines avant de regagner Nouméa. Je ne suis jamais resté plus d'un jour dans la même cachette. Et puis... et puis un matin, j'ai vu arriver ce bateau... le « *Var* » qui arborait fièrement ses couleurs. Vers le soir j'ai... j'ai trouvé un canot. Et... et me voilà. Mais... mais... je suis fatigué. Ismérie, mon amour, rentrons à Paris.

Pendant le reste du voyage de retour, les deux amants ne se quittent plus. Charles reprend des forces et reprend goût à la vie. Sur le pont du navire ils passent des heures à charmer les embruns. Elle, promène sa beauté envoûtante, lui, cache sa laideur au plus profond de ses sourires. Ils ne pensent plus à demain.

Dans l'exil loin des flots de la Seine volée,
Ismérie rêve à Paris, aux brumes d'antan,
Où les drapeaux de la liberté, tout flambant,
Dansent au vent des luttes, insoumise volée.

Sous les cieux étoilés d'une île esseulée,
Elle pleure la mère, le doux temps éclatant,
L'écho des barricades, le passé palpitant,
Où ses espoirs se perdaient, frêle noyée.

La mer murmure avec l'ombre du souvenir,
Déportée, elle apprivoise l'oubli en sursis,

Se lie au chant kanak, à la terre rubis.

Et l'horizon un jour annonce son avenir,
Le navire s'avance, sa promesse à fleur de peau,
D'un retour à la vie, Paris comme flambeau.

FIN.

Table

Les Larmes d'Ismérie 7

Le Dilemme du Capitaine Monjeau 15

Le Destin d'Ismérie 23

La Colère d'Henri Monjeau..43

Le Départ des Condamnés..51

Les Ombres de l'Abbaye 65

Un Refuge dans la Tourmente 79

De l'autre Côté du Monde 91

Traversée vers l'Inconnu 105

Les Lueurs de l'Aube Calédonienne.....................................121

Le Voyage Inattendu du Capitaine Monjeau........................137

Les Ombres de la Colonisation 151

Captives de l'Océan 167

Évasions et Révélations 177

La Chaleur d'un Été Parisien 191

Le Retour d'Ismérie 203

Du même auteur...219

Du même auteur

Des Champs d'Agonie, Roman, BoD, 2021

Balades pour Léa, Roman, BoD, 2022

Fleur de laine, Roman, BoD, 2023

L'Inconnu des Maciej, Roman, BoD, 2024